MEMÓRIAS DE UM VERÃO SEM AMOR

Copyright © 2024 Roberto Socorro
Memórias de um verão sem amor © Editora Reformatório

Editor
Marcelo Nocelli

Revisão
Marcelo Nocelli
Natália Souza

Capa e projeto gráfico
Bianca Perdigão

Dados Internacionais de Catalogação na Publicação (CIP)
Bibliotecária Juliana Farias Motta CRB7/5880

Socorro, Roberto Soqueira
      Memórias de um verão sem amor/ Roberto Soqueira Socorro. --
São Paulo: Reformatório, 2024.
      272 p.: 12x19cm

      ISBN: 978-85-66887-94-5

      1.Romance brasileiro. I. Título
S678m

Índice para catálogo sistemático:
1.Romance brasileiro
2.Literatura brasileira

Todos os direitos desta edição reservados à:

EDITORA REFORMATÓRIO
www.reformatorio.com.br

*Para meu pai, que me levou para
nascer no Sítio do Conde.
Para Lucas, que eu levei para
nascer no Sítio do Conde.*

*O amor pode ser, e frequentemente é, tão
atemorizante quanto a morte.*
Zygmunt Bauman

2014

28 DE FEVEREIRO

Não sei de onde eu tirei essa cisma com anos pares.
Havia tempo que não passava pelo Sítio do Conde e
esse ano consegui.
Andei pela praia.
A casa tá linda, bem cuidada, mas já não é a única
em cima das dunas.
As ruas estão calçadas.
Tem hotéis.
Tem mercadinhos.
Tem padaria.
Meus olhos acham estranho.
Meu corpo não.
Encontrei Ricardinho na porta da sua casa.
Cadeiras na varanda, garrafa de Jack Daniel's e tempos de veraneio.

> *Bob, sabe quem me perguntou*
> *se eu tinha contato com você?*
> *Quem?*

Mais de trinta anos.
A mesma palpitação.

Não consigo colocar músicas de carnaval na estrada de volta pra Salvador.

Sailing takes me away to where I've
always heard it could be
Navegando, me leva embora para onde
sempre ouvi dizer que poderia estar
Just a dream and the wind to carry me
Somente um sonho e o vento para me levar
And soon I will be free
E logo estarei livre
Fantasy, it gets the best of me
Fantasia, ela consegue o melhor de mim
When I'm sailing
Quando estou navegando
All caught up in the reverie,
every word is a symphony
Fico preso em devaneios,
toda palavra é uma sinfonia
Won't you believe me?
Você não vai acreditar em mim?

Rebobino minha memória eidética pra 1981.
Como ela ainda lembra de mim?

1981

1º DE JANEIRO

Não gosto de anos pares.
Ainda bem que este terminou.
Fico sempre procurando uma lógica para as coisas
que acontecem - ou não acontecem - e essa de anos
pares e ímpares me parece boa.
Não é superstição.
Superstição é coisa de minha mãe.

Tem gente que chama de tradição:
Acordar.
Ir pra sala sem escovar os dentes.
Arrancar as cascas do pernil com a mão.
Pegar as ameixas.
Os pêssegos em calda que sobraram na bandeja prate-
ada com uns desenhos de falso barroco, que só sai do
armário no Natal e volta pra lá depois do Réveillon.
Limpar a mão na toalha de mesa bege de renda por-
tuguesa – que divide a morada com a bandeja.

Minhas manchas são camufladas pelo tempo.

Futuco a farofa pra catar as linguiças.
Faço do resto da garrafa de champanhe sem gás meu
café da manhã.
Me preparo pro esporro de costume de minha mãe.

Começo a arrumar as coisas da viagem.
Escolho as roupas.
Shorts Adidas, camisetas, a camisa do Vasco, a
camisa do Bahia.
Avoado, fico me olhando no espelho.
O que eu sou?
Loiro, magrelo.
Branquelo por pouco tempo.
Nem alto nem baixo, nem bonito nem feio.
Esquisito.
Experimento um short branco.
Vai ficar legal quando eu estiver queimado.

As compras já tão aqui.
1º de janeiro não abre porra nenhuma em Salvador.
Fui anteontem com meu pai no Paes Mendonça;
cheio pra caralho.
Porrada de pacote de Hollywood e umas 10 garrafas
de Campari, fora os mantimentos.
Os whiskies ele ganhou de Natal.
Sempre ganha.
Antigamente era mais.
Amanhã, oficialmente, começarão suas férias e vamos
pro veraneio.

O dia é todo assim.

Lento.

Sonolento.

Deito no sofá.

Recordo do último ano.

Planejo o novo.

Será bom, é ímpar.

Engendro o próximo mês.

Imagino os detalhes, monto o roteiro.

Será um bom veraneio.

Penso no que vou encontrar lá.

Melhor, em quem vou encontrar lá.

Em quem quero encontrar lá.

É no Sítio do Conde que me sinto à vontade.

Conheço cada canto.

É o lugar da minha cabeça.

O cenário das histórias que não saem de mim.

As histórias que se deram e que se darão.

Eu sei.

O dia passa devagar porque não é só um, são trinta.

Começo a carregar as coisas pro carro.

A Caravan resolve o problemão que é levar essa tralha toda.

Bem mais prática que os Opalas anteriores.

Minha mãe, pra variar tá retada - um metro e meio de pura agonia.

Dessa vez com o zelador, que não trabalha hoje e não vai ajudar a carregar o carro.

Ela acha que ele tem que estar sempre lá.

Já tinha até separado um trocado pra ele.

Aliás, a Caravan é dourada e com interior marrom por sua causa.

Tem que ser tudo do seu jeito.

Fecho a mala, desço as escadas, coloco no fundo do carro.

Volto.

Faço tudo de novo.

E de novo.

Já é noite.

Amanhã é dia de acordar cedo pra cacete, antes de o sol nascer.

E a pergunta que não para:

Será que ela vai?

2 DE JANEIRO

Me levanto sem a modorra de ontem; hoje é dia de
correria.
Enfiar o que falta dentro do carro: mais malas, coisas
de geladeira, meu pai, minha mãe, minha irmã e eu.

A gente tem que passar na rodoviária pra pegar Anto-
nio, irmão do meu pai.
Falam que existe primo-irmão, ele é meu tio-irmão.
Meu melhor amigo.
Filho temporão de meu avô, tem só um ano a mais
que eu.
Velho danado, sou sobrinho de um monte de tio que
não conheço espalhados pelo interior da Bahia todo.
Acomodamos sua sacola.
Aperta, espreme, se ajeita no banco traseiro e a via-
gem começa de verdade.
São mais de cinco horas por uma estrada cheia, chata
e perigosa.
As paradas já são todas programadas, porque lugar
decente pra comer e pra mijar é coisa rara.
Estômagos e bexigas têm de se adaptar à rota.

Sento atrás do meu pai. Não vejo nada na frente porque ele é altão.

Antonio fica entre mim e minha irmã.

Essa arrumação sempre foi padrão pra evitar brigas.

A falação fica por conta da minha mãe. A língua não cabe na boca.

Passa Simões Filho.

Passa Pojuca.

Chega Entre Rios, a primeira parada.

Sempre o mesmo posto de gasolina e a mesma pedida manjada: sanduíche de pão de leite com queijo que parece requeijão.

Peço um guaraná Fratelli Vita.

Tanque de gasolina completo, todos alimentados, seguimos viagem.

Não demora muito pra chegarmos em Esplanada, outra parada estratégica.

É hora de passar na padaria Manon pra última oportunidade de comprar bons pães.

Hoje será só lanche quando chegarmos, a cozinha da casa só começará a rodar amanhã.

A parada é rápida e partimos pro Conde.

É aí que a estrada fica mais estreita, mais complicada e mais traiçoeira.

E mais emocionante.

As cruzes na beirada nos lembram disso.

Pelo menos, tá asfaltada agora.
Na época que era de barro, era boca-de-zero-nove;
lamacenta na chuva e poeirenta com o cascalho solto na seca.

Quando a gente era pequeno tinha uma brincadeira nesse trecho da viagem. Chegando perto de cada povoado ou ponto importante do trajeto, eu e minha irmã disputávamos quem avistava primeiro.

Vi Altamira primeiro!

Não quero saber mais dessa bobagem.
Tenho outras preocupações.
Minha irmã fica avistando sozinha: Cachoeirinha, Conde.
Faço cara de muxoxo.
Antonio ri.
Passamos pela sede da Fazenda Canabrava, a casa onde meu pai nasceu.
Já estamos quase no Sítio.

Chegamos.

Fico olhando as casas que já estão abertas e os carros parados.

A maioria tem placa de Alagoinhas.

A conversa no carro recomeça, mas não dou bola e sigo calado.

Só Antonio sabe o porquê.

Miro na direção de uma casa específica, que tá fechada, sem carro na frente.

Ela ainda não chegou.

Passamos por nosso portão e a Caravan para na clareira, ao lado da porta de entrada da cozinha.

Dar de cara com o mar aberto me sacode.

Degradê de areia, espuma, mar e céu.

Até hoje não entendo por que nossa casa ainda é a única em cima das dunas, de frente pra praia.

A casa tá do mesmo jeito.

Quadrada, rodeada pela varanda, duas janelas de cada lado, ainda sem as redes penduradas nas colunas de madeira, o vento batendo forte de nordeste, o que faz com que a porta e as janelas da frente fiquem sempre fechadas.

Hoje não consigo inventar desculpa pra fugir da descarga da bagagem e da arrumação da casa. Vai ser isso o resto do dia. O dia todo.

Mas amanhã vou esperar por ela.

3 DE JANEIRO (MANHÃ)

Seis da manhã e meu pai vem me sacudir.
Acordar um adolescente nesse horário, ainda por
cima nas férias, devia ser considerado crime.
Mas é dia da feira, e eu e Antonio não escapamos.
É tarefa dos homens sair pra comprar o que é pre-
ciso pra semana e carregar tudo.
As mulheres estão livres dessa; minha irmã, como
sempre, se dando bem.
Mas hoje não vai ter vida fácil não, ainda falta muita
coisa pra arrumar.

Nós três no carro e eu de olho na casa dela.
Nada.
Bora pro Conde.
Como eu odeio essa feira.

São só sete quilômetros até o Conde, a sede do
município.
O Sítio tem muito mais gente nessa época, mas não
adianta, se quiser comprar alguma coisa, tem que
ir até lá.

Ruas já tomadas pelos caminhões que trazem e levam o povo das vilas próximas na carroceria.
A vida gira em torno dessa feira.
Lá vamos nós com os bocapiús e os balaios.
Ô coisa chata da desgraça de carregar!
Vou pela rua soltando um monte de nome e meu pai só ri.
Eu também rio, porque Antonio é mais engraçado que eu xingando.

Vamos enchendo de frutas, legumes, verduras, farinha, camarão seco, feijão de corda, carnes, caranguejos.

A cada saca cheia, voltamos ao carro pra deixar lá.
São umas quatro ou cinco viagens, nem conto mais.
Voltamos pra casa e despejamos tudo na cozinha.
Arranco a camisa e desço correndo pra praia.
Fujo mesmo.
Que se foda.

Encontro um, encontro outro, encontro mais um, e
a roda tá formada.
A galera chegando aos poucos.
Pergunto pelas pessoas, se vêm ou não nesse ano,
uns quinze nomes, e o dela no meio, pra disfarçar.

Primeiro mergulho do ano, pele começando a arder.
Vão ser três dias na base de Caladryl.

3 DE JANEIRO (TARDE)

No primeiro dia, o almoço sai sempre tarde. É bom porque fico mais tempo na praia.

Volto no tempo de meu pai terminar os caranguejos. Não chego perto porque fico com pena dos bichos se debatendo na água fervendo.

Maldade retada.

Minha mãe não suporta cozinhar; a comida dela é uma merda.

Meu pai diz que o problema não é que ela não saiba fazer, mas ir com raiva pro fogão.

Aqui no Sítio a gente pode ter cozinheira. Em Salvador não dá mais não, ficou muito caro pra nós.

Figueiredo filho da puta.

Pra esperar a comida, coloco uma dose de Campari.
É a única bebida que meu pai toma despreocupado,
sem medo de pocar a úlcera. Ele diz que equilibra o
PH do estômago.
Eu não tenho úlcera.
O pessoal fala que é amargo, mas passei a gostar de
verdade. Minha mãe reclama: "de que bebida que
esse menino não gosta?". Meu pai fica junto, de olho
em mim. Beber é bom, mas só pra quem sabe beber.
Eu que vacile.
O carrinho de bebidas já tá arrumado. Antigamente
meu pai ganhava mais whisky 12 anos. Agora eles

rareiam, a maioria é 8 anos e tem até cachaça. Nessa ele já avisou que não é pra eu e Antonio mexermos, na tal de Abaíra. A garrafa não tem nem rótulo.
A caranguejada é na varanda porque faz uma sujeira da zorra e junta uma renca de mosca.
Vai sobrar pra empregada limpar.
Além da cozinheira, aqui tem uma empregada também.
O almoço é na sala.
Mesa grande como a porra, dá pra jogar ping-pong.
Arroz, feijão, farinha, ensopado de chupa-molho.
Raspo a carne de junto do osso, é a melhor parte.

Bucho cheio, duas doses nas ideias, me estabaco na rede da varanda.
Não sei se desço logo pra sorveteria e fico de butuca pra ver se ela chega, ou espero o sol esfriar. Tá quente pra caralho.
Nessa de não sei se vou ou se fico tomando um vento, apago.

3 DE JANEIRO (FINAL DE TARDE)

Acordo todo entrevado na rede.
Já perdi tempo demais.
Levanto, lavo o rosto e ponho uma camisa pra descer.
Minha irmã já deve estar por lá com Lena e Tido.
Antonio tá na cama. Sacudo a cabeça dele: rumbora!
Tá mais tonto que eu.

Tomo o caminho do Beco do Pau que Sobe.
Ele entende o porquê.

Será que ela já chegou?
Não sei
Véi, relaxa, já tá cheio de
mulher por aí.
Mas ela não tá.
Porra, quando você encasqueta com
uma coisa é foda. E se ela não vier?
Não sei.

Avisto a casa do mesmo jeito: fechada.

Dobro no prumo da sorveteria, em frente à igreja.
O pessoal já tá lá.
Pausa pra jogar conversa fora e tomar "pitulé" - Pitú com um picolé dentro.
Eu gosto mais do de coco.

Papo vem, papo vai, pê-pê-pê, pá-pá-pá, caixa de fósforo, o ano passado isso, esse ano aquilo, mesma conversa mole da praia.
Mais gente chega depois do almoço.
Já somos uns dez na sorveteria.
Vem novamente o assunto de quem falta chegar e alguém comenta que ela deve vir amanhã.
Me faço de desinteressado.
Ficamos nessa até quase escurecer.

Hora de jantar; meu pai come rápido e se prepara pra descer. A galera do carteado já tá aí.
Eu, de pé desde às seis da matina, depois de carregar cesto, nadar, quebrar caranguejo e rodar pelo Sítio, tô em estado de petição de miséria.
Ninguém chega à noite por aqui.
Vou dormir.

4 DE JANEIRO (MANHÃ)

Acordo.

Desço rápido.

Ela não chegou ainda.

Desencano.

Vou fazer uma das duas coisas que mais curto aqui: pescar.

A outra é bater meu baba.

Bora dar banho em camarão.

A gente costuma sair mais cedo, eu meu pai e Antonio, mas hoje temos que preparar as tralhas todas. Meu pai vai estrear vara e molinete novos; uma DAM alemã de fibra de carbono e um Mitchell, francês, molinete bala. Já nós, vamos com as varas antigas e cada com um molinete Sofi, português, muito bom também. Limpa, lubrifica, coloca linha nova, monta os anzóis já encastoados e a chumbada na parada. Se os anzóis e as paradas embolam, fudeu, passo o resto do mês desenrolando.

Vão ser pelo menos umas três ou quatro horas com o sol no couro.

É bom porque rapidinho a pele cura.
O horário tá bom, a gente pega a reponta da maré.
Melhor momento pra pegar uns barbudinhos e papa-terras.
Beleza de fritar.

A gente procura sempre um lugar mais longe daquele em que o pessoal toma banho de mar. Bom pra nós, não tem gente pra afugentar os peixes e ninguém corre o risco de pisar nos anzóis.
A busca é por onde tem menos onda quebrando porque é mais fundo. Buraco é chance de peixe maior.
Dessa vez, dá pra ir andando mesmo - não precisa de carro - em um recuo de pedra em forma de meia lua com areia batida na frente.

Piso nas pedras e reparo nas conchinhas pretas minúsculas encrustadas, mexilhões em miniatura.
Nunca vi isso em nenhuma outra praia, só aqui.
Espeta o pé.

Cada um escolhe seu ponto. Não dá pra ficar todo mundo junto porque as linhas podem embaraçar.
Enterro o tubo pra apoiar a vara, isco, entro no mar, arremesso e fico sentado na areia esperando.
É bom olhar o mar, só olhar, assim do nada.
A ansiedade volta.
Quando sinto vontade de me picar e ver se ela já chegou, a vara cutuca e eu corro pra puxar a linha.
Se vem peixe, ótimo, se não, isco de novo, entro no mar, arremesso, sento na areia, espero, olho, fico ansioso, a vara cutuca, puxo a linha e começo tudo de novo.
O lugar de hoje é bom. Tem muito barbudo.
Vai ter peixe frito de tira-gosto.

Dá mais de meio-dia, as ondas já maiores, o mar tá mais pra frente, dificulta lançar a linha, estamos muito perto das pedras. É hora de voltar pra casa.
A barriga começa a chiar.
Dou um mergulho antes de recolher tudo.

Arrumamos as coisas e vamos pela areia. O samburá pesado tá lascando de banda minhas costas. É corda roçando no ombro, areia quente entrando no chinelo, pé afundando, e tome força pra subir a duna. Chego, largo tudo na varanda e corro pra geladeira pra abrir uma Antártica cu de foca.

Meu pai não gosta de Brahma, diz que que não desce bem no estômago dele.

Minha mãe reclama que a gente tava demorando e minha irmã tá de volta da praia.

Chegou mais alguém agora de manhã?

Ela não diz o nome que quero ouvir.

Quero ver por mim mesmo e chamo Antonio pra dar uma andada na praia.

Ele olha pra mim com cara de "oxe, você tá doido??? Depois desse subidão pela areia?"

Não dá tempo nem de argumentar.

No que meu pai percebe, solta o esbregue.

Vocês vão aonde? Podem voltar pra lavar os molinetes, seus porras!

Essa é a parte chata da pescaria, limpar e guardar tudo. Balde de água doce, lava a chumbada, os anzóis e a parada, desmonta o molinete, tira o sal e a areia grudados, passa embaixo do chuveiro, deixa secar um pouco no sol, passa WD, guarda tudo.

Já que a cozinheira ainda vai limpar e temperar os peixes, penso em pegar a bicicleta e dar uma rodada pra conferir se ela chegou. Mas não dá, a bicha tá cheia de salitre e ferrugem. Tem que limpar e lubrificar ela toda. Trabalheira da disgrama. Nem em sonho vou fazer isso agora. É serviço pra dia inteiro.

O sal começa a incomodar no meu corpo e tomo uma chuveirada.
Já que não vou sair mesmo, abro outra Antártica.
Começo a conversar com meu pai e Antonio.
É legal ter tempo pra conversar com meu pai.
Ficamos de bobeira ali até chegar o peixe.

4 DE JANEIRO (TARDE)

Depois do almoço a subida na duna cobra seu preço.
Quero dar uma passeada pela rua, mas meu corpo pede: cama, cama, cama.
A teimosia dele vence, vou pro quarto e não levo dois minutos pra emborcar.
Durmo a tarde toda.

4 DE JANEIRO (FINAL DE TARDE)

Acorda, porra! Ela chegou!
Que horas são?
Cinco e meia.
Chegou?
Não, Pedro Bó, ela mandou uma carta
pra você dizendo que não vem.
Carta?
Tá leso?
Tô. Sono da desgraça.
Rumbora, abestalhado!
Cadê todo mundo?
Lá na sorveteria.
E ela?
Na casa dela. Tem uma
porrada de gente.
Quem tá lá?
Sei lá! Bora que eu dei uma
paletada da porra pra te chamar.

Lavo o rosto, me arrumo e desço picado.
Liberei Antonio pra ir direto pra sorveteria.
Vou sozinho, é melhor.
Um senhor na janela, que deve conhecer meu pai, me cumprimenta. Sei nem quem é. Retribuo por educação.
Ando rápido, mas não corro pra ninguém prestar atenção.
Reduzo o ritmo, falta fôlego.
Olho o cascalho da rua, a areia, os coqueiros, as casas de taipa, os carros, as cercas de arame farpado, os porcos zanzando pela rua, as pessoas na janela.

Vejo tudo.
Vejo mas não reparo.
Movimento em frente à casa dela. Carros, pessoas, entra e sai.
Chegou.
Paro.
Bate a caroara.
Travo.
Me mexo no mesmo lugar.
Não sei em que ritmo ando pra chegar quando ela estiver do lado de fora.
Não quero chegar lá e chamá-la.
Tem que parecer um encontro por acaso.
A sorte é que tô num canto do beco e não tem ninguém pra me ver parecendo siri na lata.
A casa tá cheia.
Será que ela tá namorando?
Chego na porta e pergunto por ela?
Fico aqui esperando ela sair?
E se alguém me vir aqui?

Vou um pouco mais pra frente.
Vejo o irmão dela indo buscar uma mala no carro.
Volto.
Por que ela não vem também buscar alguma coisa?
Bem que eu podia ir lá ajudar.
Ou será que ela já foi lá pra a sorveteria conversar com o pessoal e eu tô aqui moscando?
Antonio viria me procurar.
Olho por trás da cerca onde tô encostado e vejo que a romãzeira tá carregada. Fica em uma casa que tá sempre vazia, nem sei de quem é. Só sei que as romãs são gostosas e a gente espera amadurecer e entrar pra pegar. Não precisa nem correr, a gente come lá mesmo; nunca tem ninguém.
Melhor deixar de distração.
O movimento continua e nada dela.
Não vou poder ficar aqui a vida toda, tenho de tomar coragem uma hora.

Ela sai de casa.
Travo de novo.
Destravo.
Ando.
Paro.
Regulo o passo.
Ando.
Não posso ir em disparada.
Dissimulo.
Me finjo relaxado.
Desatento.
Ela me vê.
Dá um tchauzinho.
Escondo o riso.
Continua discreta, gestos contidos, postura com classe.
Vou lá falar, mas quero mesmo é ouvir sua voz baixa.

Depois a gente se vê, então.
A gente se vê depois sim.
Você vai pra praia amanhã?
Vou sim.
Em qual praia você vai?
Na frente da sua casa, é mais
vazio, tô transparente.
Legal, você passa lá em casa?
Passo.
Vou te esperar.
Tchau.
Tchau.

Ganhei meu dia.

Por mim, voltava pra casa agora mesmo, mas vai parecer estranho eu dar meia-volta.

Vou pra a sorveteria.

Disfarço a cara de abestalhado.

Nem sinto o chão.

Tá todo mundo aboletado na calçada.
Minha boca treme (ela sempre treme quando tô com vergonha) e Antonio entende.
Fecho a cara.
Finjo sono.

> *Dormindo até agora??? Quase seis da tarde!!!*

Já tem um monte de gente, o veraneio tá cheio.
Fico conversando fiado até a luz da igreja acender.
O pessoal marca de novo lá à noite.
Eu não vou.
Só quero saber de amanhã.
Vão achar que eu dormi de novo.

5 DE JANEIRO

Acordo às seis da manhã.
Dá pra dormir bem sem dormir direito?
Dá.

Meu pai me vê de pé e não entende nada.
Ele tá arrumando as coisas de pescar.
Digo que não vou pescar hoje, com um aperto na vontade.
Já tô no pique da praia.
Desço e subo a duna umas quatro vezes pra fazer hora.
Ando pelas conchas descalço.
Volto pra varanda.
Ela vem por aqui.
Ela disse que vem.
Ajudo meu pai a terminar de arrumar as coisas dele.
Acordo Antonio.
Ele fica retado.

Tem uma turma que sempre vem por aqui: Lena, Maurício, Tido, ela.

Minha casa é o melhor ponto de passagem para a praia pra quem mora por esses lados.

O pessoal passa aqui pra ir e voltar – na volta sempre tem uma chuveirada e água geladinha.

A turma da praia dos bacanas.

Esse é o nome invejoso com que o resto da galera chama o ponto em frente à minha casa. Fica um pouco mais afastada de onde todo muito se reúne e, por isso, é mais reservada.

Tô nem aí; todo mundo que vem pra cá é bacana mesmo.

Ela mais ainda.

O pessoal começa a chegar.
Cato a bola Dente de Leite e eu, Antonio e Maurício ficamos ali tocando um pro outro.
Aquela areia batidinha, lisinha, que deixa a bola correr redonda.
A Dente de Leite é a melhor, é emborrachada, mais pesada e mais grossa que a Chuveirinho, e o vento não leva. Muito melhor que a de couro também, que molhada e com areia é quase uma arma.
Tô com uma saudade da zorra dos babas na praia.
Mas hoje não vou jogar.
Ai, dói.

Na hora quando todo mundo levanta pra descer pra praia, eu invento que tô com dor de barriga.

Quem mandou comer caranguejo daquele jeito ontem? Vai se cagar todo no baba.
Vou melhorar, daqui a pouco eu desço.

Fico olhando do basculante do banheiro todo mundo sumir e volto pra varanda.
Ela já vem passando ali no portão.

> *Oi.*
> *Oi.*
> *Quer alguma coisa?*
> *Quero sol!*
> *Então, bora?*
> *Bora!*

A gente desce devagar a duna e fala de tirar o branco leite da pele.

Minha irmã, Lena e Tido ficaram lá em frente.

A gente chega e senta junto.

Oxe, não vai bater seu baba?

Passo a mão em cima do estômago.

Melhor ficar com eles, se a gente fica sozinho o povo ia começar a falar.

Sento, levanto, dou um mergulho, volto, sento, papo rolando.

Parece que tô conversando só com ela sem saber direito o que digo e ela interessada.

É isso até não restar muito mais da manhã.

5 DE JANEIRO (TARDE)

Hoje não vai ter sono vespertino certo.
Vou dar um rolé na rua e foda-se o sol quente.
No que ela sair de casa, eu colo.
Antonio vem comigo, reclamando como a porra, e
minha irmã também.
Ela não gosta de dormir à tarde.
Vai na casa de Lena.

5 DE JANEIRO (NOITE)

Banho tomado, barriga cheia, descemos juntos eu, meu pai, minha irmã e Antonio.
Minha mãe nunca desce, fica entocada em casa.
Por sorte, meu pai resolveu passar na casa de alguém que nem sei quem é, antes de ir lá pro grupo do pôquer. E o caminho é justamente o que eu queria tomar, por motivos óbvios.
Digo que vou com ele.
Minha irmã e Antonio seguem o caminho normal.
Quando passo no ponto que queria, falo que mudei de ideia e que vou encontrá-los.
Ele nem liga, veraneio é pra fazer o que der na telha mesmo.

Ela já tá na varandinha, quase um pequeno hall aberto antes da porta de entrada.
A gente senta na mureta, começa a conversar, emenda um assunto no outro.
Conversa boa.
Por mim, não saía dali.
Só que o povo tá lá na frente da igreja.

Seguimos devagar pra nos juntarmos.

Antonio dá um riso de sacana pra mim.

Com a lua nova não dá pra ir à praia, o ideal pra uma desgarrada estratégica; ir até a barraca, tomar o vento na cara, ficar olhando o mar e a lua, chamar pra um passeio na beira do mar com a desculpa de ver a pedra que brilha. Só que o caminho até lá é escuro e tem o risco de dar topada, pisar em bosta de porco, cansanção, espinho, qualquer porra dessas. A boa é lua de mais ou menos cheia pra mais. Então, ficamos por aqui mesmo até cada um tomar o rumo de sua casa.

6 DE JANEIRO

As jangadas estão voltando.

Da varanda de casa, no alto da duna, a gente vê os rabiscos lá no fundo, na divisa do mar com o céu.

Tem um grupo na praia esperando, os pais dos meus amigos.

Da galera jovem, só eu e Antonio, que eu arrastei junto comigo.

As ondas empurram para a chegada na areia e os ajudantes colocam os tocos de coqueiro pra passar por baixo das embarcações e empurrá-las até a parte mais alta da areia, fora do alcance do mar. A medida que vão subindo, pegam o toco do final e passam pra frente.

Trabalhão danado.

O dos pescadores é pior. Passam 48 horas no mar, água o tempo todo na altura da canela, nenhum instrumento.

Tem que ser muito brabo pra encarar uma parada dessas.

Todo mundo xeretando pra ver o que veio: olho de boi, dentão, cavala.
A pesca foi boa.
Meu pai queria um vermelho e pergunta quando eles vão sair de novo.
Um dos pescadores fala que vai levar uns dias, porque tá vindo chuva e o mar vai ficar ruim.
Olho pro céu, não vejo uma nuvem, e não entendo nada.
Prefiro achar que ele deve saber o que fala.
Meu pai escolhe um dentão, pesa na balança de dedo e paga.
Vai pro forno hoje.
Grande, tem uns quatro quilos.
Dos pequenos, pra fritar, a gente mesmo dá conta.

Os peixes são divididos meio a meio entre o dono da jangada e os pescadores.

As famílias deles, mulheres e crianças que ainda não têm tamanho pra sair pro mar, chegaram na praia bem antes de nós, mas esperam a gente fazer nossa escolha, o dono a dele, pra só então pegarem o que sobrou pra comer ou vender.

No veraneio tem muito comprador e os samburás foram esvaziados, vão levar dinheiro pra casa e descansar até a hora de voltarem pro mar.

É assim até o carnaval; é quando eles e outros trabalhadores do Sítio garantem o sustento do ano todo. Por isso não estão satisfeitos com a chuva que anunciam.

Hoje a maioria do pessoal vem pra praia aqui perto de casa pra tirar fotos das jangadas, com as velas abertas pra secar.
É bonito.
Quem mais gosta de tirar fotos aqui em casa sou eu, com minha Olimpus Trip 35.
Tenho só um filme de 36 poses.
Revelar é caro.
Tenho que tomar cuidado pra não tirar só fotos dela.

7 DE JANEIRO

Os ciscos das telhas que o salitre faz descascar caem no lençol e na minha cara.
É o aguaceiro.
O toc-toc-toc do telhado, o sacolejo das folhas dos coqueiros, o vento entrando no quarto. O sudeste tá batendo e, como sempre, traz o pé d'água. O pescador tinha razão.

Cheiro de chuva, cheiro de dia em que ninguém vai saber o que fazer.
Dias assim aqui são uma pasmaceira.
Todo mundo se tranca em casa.
Pelo menos eu tenho uns livros; nunca deixo de trazer.
Vou ficar aqui com os meus botões.

Quando meu pai vai colocar forro nessa casa?
Todo ano é a mesma merda, acordar passando a mão na cara pra tirar esse argueiro todo.
Ele vive falando que, se forrar o teto, a casa vai esquentar.
Não tem como, é vento 24 horas por dia, quando não é de um lado, é do outro.
Bom, meu pai é o rei da teimosia e vai continuar tudo do jeito que tá.
Me arrumo na cama e começo o livro:

> *Muitos anos depois, diante do pelotão*
> *de fuzilamento, o coronel Aureliano*
> *Buendía havia de recordar aquela tarde*
> *remota em que seu pai o levou*
> *para conhecer o gelo.*

A cidadezinha do livro parece o Sítio do Conde. Vou lendo, me distraio. Leio um parágrafo, tenho que voltar dois. Vou trocando as casas de lugar, a floresta pela areia, os rios pelo mar. Troco os personagens. Agora somos eu e ela.

Antonio vem me perguntar se quero jogar buraco.

Não.

Podem me deixar em paz?
Caralho! Tô virado na porra! Menos um dia pra ficar perto dela.
Me estico, começo a reparar em detalhes.
A marca do short já tá parecendo o encontro das águas.
Chuva, livro, imaginação, eu, ela, distração, livro.
O dia segue.

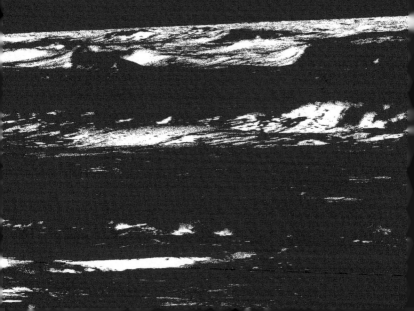

8 DE JANEIRO

Não chove mais.
O dia tá bem nublado.
Não vai dar praia.
Tá que deixa tudo sem pressa.
Nem pra ir pescar dá, porque o mar ainda tá muito
batido e barrento.
Sem condições.

Ando pela areia.
Tá com uma camada dura, as marcas salpicadas
dos pingos, quando você pisa mais forte, aparece a
camada seca com os grãos fininhos e frios.
É gostoso de pisar.
Podia rolar um baba, mas não vou dar ideia não.

A manhã já no meio e não tem muito o que fazer a
não ser descer pra rua e ver quem bota a cara pra fora.
Um dia de chuva aqui parece uma semana.
Espero minha irmã e Antonio descerem primeiro e
digo que vou encontrá-los depois.
Leio na varanda.

Faço o meu caminho devagar.
A rua tá uma lama só, cheia de poças.
Os porcos fazendo a festa.
Não tem como não sujar o pé todo.

Ela tá na porta de casa, do lado de dentro.
Ficamos conversando sentados na mureta de novo,
só que ela com as pernas para o lado de dentro e eu
com as pernas pro lado de fora, pra não sujar nada.
Falamos sobre ontem e sobre não ter nada o que fazer.
Falo do livro.
Continuamos papeando.
Ela não se anima muito de sair de casa e melar os pés.

Maurício e Lena passam e chamam a gente pra ir
na sorveteria.
Ela diz que vai entrar e que depois vai.
Eu acho que não vai.
Fico meio sem graça e aproveito a carona dos dois e
vamos pulando as poças.

O pessoal já quer sair pra ver a praia.
Todo mundo curioso de como tá o mar.
Digo que ficou bonito e a procissão segue zigueza-
gueando rua acima, lá pra barraca de Nascimenta,
bem no alto de uma das dunas.
É só a barraca, ninguém mora lá.
Se ela for na sorveteria, não vai encontrar ninguém.

A ida à praia, mesmo sem sol, sem banho de mar,
é divertida.
O povo tá engraçado; deve ser gaiatice represada
de ontem.

9 DE JANEIRO

Começa a coçar de madrugada.
Eu não quero crer que é o que tô imaginando.

Puta que pariu! Peguei bicho de porco!

Quando chove, é sempre isso.
Os porcos se espalham e esses bichos dos infernos
ficam na lama.
Daí pra entrar nos dedos, é pá-pum.
Perco o sono.
Já sei o ritual que vai rolar de manhã.
Dia clareia e eu confirmo.
Dois dedos do pé direito com as bolinhas vermelhas
e os pontos pretos.
Essa combinação de cores não presta pra porra
nenhuma mesmo.
Os bichos tão lá.
Vou mostrar pra minha mãe.
É automático: vai pegar agulha, álcool, fósforo, algo-
dão, Merthiolate.
Esteriliza a agulha e começa a furar meu pé, futuca

pra arrancar as porras dos bichos.

Dói pra caralho.

Depois taca Merthiolate.

Na cabeça dela, o único bom, aquele que faz efeito mesmo, é o vermelho, que arde e te deixa todo pintado.

Ninguém usa mais essa merda, fica ridículo.

O incolor que não arde e todo mundo usa agora não serve.

E com ela não tem miséria na hora de passar não.

Agora, quem acha que eu vou pra praia com o pé todo cor de rosa?

Fico na rede na varanda lendo, com cara de retado.

Rede fechada pra ninguém ver meu pé.

O pessoal chega pra descer pra praia.

O sol voltou.

Finjo estar concentrado.

Minha irmã e Antonio sabem que não devem tocar no assunto.

Converso deitado com o pé escondido.

Ela chega.
Se junta à turma, mas já tá todo mundo querendo descer.
Digo que não vou hoje, que tô enjoado, quero ficar lendo.

                Você gostou mesmo desse livro!

Que ódio!

10 DE JANEIRO

Antes de ir pra feira, vou no chuveiro.
Esfrego o pé com bucha sem parar pra tirar a porra dessa marca de Merthiolate.

Chego da feira, descarrego rapidinho o carro e tomo outro banho.
Mais esfregação.
Minha irmã já foi pra praia.
Eu e Antonio descemos pra procurar o povo.
Hoje não tem ninguém aqui em frente de casa.

Tá todo mundo na praia em frente à barraca.
Grupos formados, conversa rolando solta, já começo a notar quem tá a fim de quem.
Fico na atenção se tem alguém chegando nela.
Disfarço.
Rodo de grupo em grupo.

Paro um tempo pra conversar de futebol com Ricardinho.
É quem mais acompanha por aqui.

Falamos dos times do Rio, das contratações, das resenhas.

Ele ouve os mesmos programas que eu na Rádio Globo.

A maré tá mais alta e ninguém trouxe bola, o que me livra do comichão pelo baba.

As pedras atrapalham muito na maré cheia.

Começamos as programações dos eventos de veraneio.

Quando vai ter festa, como vamos pra Lavagem do Bonfim no Conde na semana que vem, banho de lagoa à tarde lá no Curral Falso, ida à Barra do Itariri, banhos de mar à tarde, passeio à Siribinha, pegar siri na Barra Nova.

Os programas que todo ano se repetem e todo ano são diferentes.

Colo na conversa do grupo dela.

Pra minha sorte, Cátia já chegou e rouba a atenção de quase todo o público masculino da praia.

Ela passa e até as meninas olham.

Sai de casa com o biquíni normal e, quando chega na praia, enrola todo pra ficar fio dental.

Ah se o pai pega.

E quem mais segura as pontas com as enroladas dela sou eu e minha irmã.

A gente se chama de primo e prima; o pai dela não encrespa com a gente.

Antonio gosta porque tá doido atrás de uma oportunidade.

Ele não chama ela de prima.

Saio da praia com mais planos.
Tá na hora de fazer as coisas acontecerem.

11 DE JANEIRO (MANHÃ)

Já tem uns dias que não vou pescar e sinto falta.
Gosto de ficar parado, isolado, encarando o mar.
Pescar faz bem.

Fico na dúvida: espero a turma pra descer com ela
ou vou pescar?
Hoje é dia de praia bem cheia, muita gente que vem
de fora só pra passar o dia aqui, chega de manhã e
volta à tarde.
Movimento demais pro meu gosto.
Desço com meu pai e Antonio carregando as tralhas.
Ainda tô na dúvida.

Chegamos e nos espalhamos, uns 50 metros uns dos outros.

Subindo pro norte, sou o primeiro a me posicionar.

A pescaria até que não rende mal.

Um barbudinho aqui, outro ali, o sol batendo virado na desgraça, uns mergulhos alternados.

É longe da área muvucada.

Estranho duas meninas vindo da direção oposta de onde todo mundo fica.

Devem estar caminhando desde cedo e voltam agora.

Passam por meu pai, por Antonio e chegam perto de mim.

Não dá nem tempo de firmar a vista nelas, a linha dá uma cutucada e corro pra puxar.

Já na batida da espuma da onda, um brilho prateado saltando.

Tem peixe.

Encaixo a vara no suporte, seguro ele firme pra não escorregar e tiro do anzol.

Me viro e volto pra colocá-lo no samburá.

Uma das meninas tá vindo falar comigo.

Será que eu conheço?

Que peixe é esse?

A amiga, começa a rir.

É um papa-terra.

Não sei mais o que falar, fico sem jeito.
Ela ri de novo, se vira e as duas vão, olham pra trás e riem de novo.
E eu lá, parado feito um besta.
Podia chamá-la de volta, perguntar seu nome, de onde é, se quer dar um mergulho.
Não faço nada.

Não reconheço de lugar nenhum.
A que veio falar comigo é bem bonita, e usa um biquíni diferente, colorido. A maioria das meninas aqui usa biquíni de uma cor só.
Ela é bem morena, cabelo grande, escuro, cacheado.

Antonio vem me perguntar quem são.

Não sei, nunca vi por aqui.
Gatas.
Vieram pro veraneio?
Não sei.
Não perguntou?
Não.
Perguntou o nome? Em que casa estão?
Não, não perguntei nada.
O que ela queria?
Saber que peixe eu peguei.
E você?
Falei que era um Papa-terra.
Que mais?
Mais nada, era só um papa-terra.
Por que você não disse que os peixes que você
queria pegar estavam soltinhos na areia?
Eu não.
Porra, Bob, você e essa mania de ficar
com uma mulher só na cabeça.
Não conheço elas, não tinha nada pra falar.
Duas gatas.
Me deixe.
Deus não dá asa a cobra.
Ó, bora pescar que é melhor.

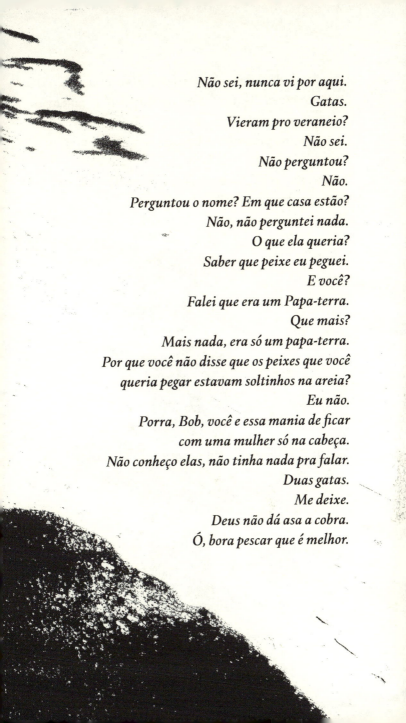

É fácil pra ele falar, porque é forte e boa pinta.
Tem a mesma altura que eu, só que com o cabelo bem preto.
Parece com meu avô e herdou o sucesso com a mulherada.
Por que essa menina veio falar comigo e não com ele?
Vai entender.

11 DE JANEIRO (FINAL DA MANHÃ)

Fim de pescaria, quase hora do almoço, vamos nós subindo a duna.

Vejo a tropa toda subindo de volta também.

É até melhor, não preciso me preocupar em descer de novo.

É meio cedo.

Todo mundo reclamando da praia cheia, um monte de gente estranha.

Uma jarra de água gelada pra galera.

Ela diz que tem que correr pra casa porque vem gente da cidade dela pro almoço.

O resto do povo se ajeita nas esteiras da varanda e começa a resenha.

Queria perguntar da menina do biquíni colorido.

Desisto.

11 DE JANEIRO (NOITE)

A sorveteria hoje é o só o ponto de saída do grupo pra barraca da praia.
Os retardatários nem passam por aqui, já vão direto.
A noite não tá mais tão escura, dá pra ver o mar, a barraca tem música, mais espaço.

Os grupos vão se formando, os pares se aproximando.
Sento do lado dela e começo a conversar.
Torço pra pirralhada não grudar. Ficam de olho se alguém tá muito junto e deduram. Eles só sabem caguetar a gente pros pais. Não perturbam, mas atrapalham.

Engraçado: Antonio quer ficar perto de Lena, mas tem medo de Tido, que toma conta dela.
Maurício é relax.
É que nem eu com minha irmã, não tô nem aí.
Até porque quem toma conta dela é Antonio.
Durma com um barulho desses.

Eu tento aproveitar os momentos que estamos despercebidos, sem chamar atenção, mas dura pouco. Chega um, chega outro, par se transforma em uma roda.
Acabou a chance de chamá-la pra dar uma andada.
Dissimulo.
A conversa gira em torno de marcarmos uma festa.

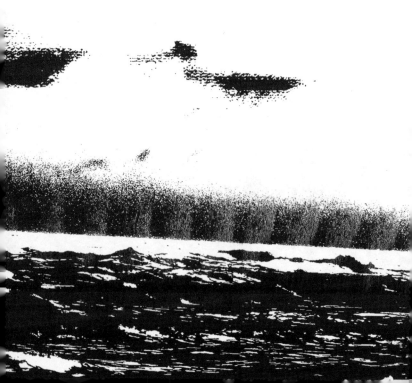

12 DE JANEIRO (MANHÃ E TARDE)

Geral na praia.
Nem parece a tranquilidade do dia de ontem.
As ideias rolam e já é certo que o programa da tarde será banho no Riacho da Viúva.
Chamam de Riacho da Viúva (não sei o porquê), mas é um ponto da lagoa lá no Curral Falso, na estrada pra Barra do Itariri. A água é limpa, transparente, ótima. Aqui na entrada do Sítio tem gente lavando de tudo, até porco. Já chega de porco por esse ano. Combinamos que, assim que o sol baixar, a gente se encontra na sorveteria e vai todo mundo andando. Dá uns dois quilômetros de paletada. Em grupo, é tranquilo. E ela vai.

Volto pra casa, almoço e resolvo dar uma descansada na rede, até o sol esfriar.

Capoto.

Antonio me cutuca, diz que tá na hora de ir, eu viro de lado e digo que já vou.

Só acordo quando sinto o frio do vento. Levanto, olho e não vejo ninguém.

Meu pai diz que já tão lá pra baixo tem meia hora.

Disparo.

Sorveteria vazia, só quem vem correndo é Rogério Simpatia. Perdeu a hora também.

Andamos juntos até a entrada da estrada.

Um caminhão de coco vazio tá saindo e pedimos carona. O motorista manda a gente pongar lá atrás.

E é pra pongar mesmo porque a carroceria de carregar coco é um engradado de madeira bem alto, não dá pra entrar, só ficar pendurado.

A gente vai que nem dois morcegos de cabeça pra cima.

No que a gente passa pelo pessoal, vem a maior vaia.
Eu e Simpatia gargalhando e gritando.
Quando estamos chegando perto do riacho, nada de o motorista reduzir.
A gente grita, assovia, se esgoela, e ele sentando o pé.
Não adianta, temos que pular.
Caímos feito jaca madura e nos embolamos no barro da estrada.
Ficamos de poeira até o olho do cu.
Se o pessoal vir a gente assim, vai ser gozação pelo resto do mês. A sorte é que dá tempo de correr pra a lagoa e tomar banho.
Quando chegam, já estamos lá dentro.

O programa é legal.
O fim de tarde vai chegando e andamos de volta pela praia, saindo de lá do Corre Nu (outro nome que não sei o porquê).
O grupo tá menos compacto.
Alguns casais vão se afastando um pouquinho e as conversas seguem separadas.
Eu colo nela e vou gastando o verbo.
Chegamos no Sítio, cada um indo pra sua casa.
Combinamos de nos encontrar mais tarde na barraca.
Tô animado.

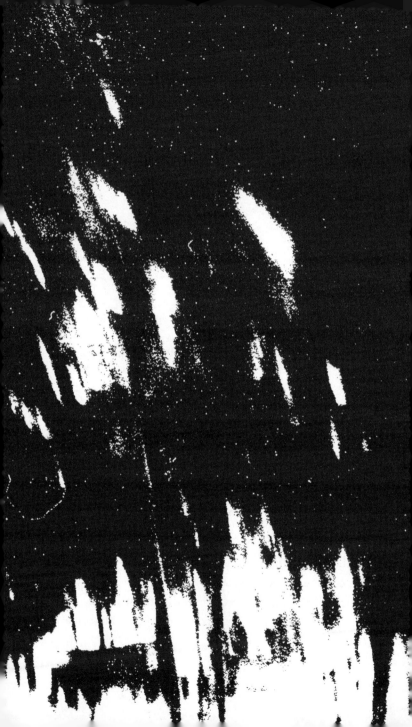

12 DE JANEIRO (NOITE)

Saio de casa na empolgação.

Grupo junto, se separando aos poucos, e eu do lado dela.

Tudo beleza até que chega história: alguém ouviu falar que fulano disse que beltrano contou que não sei quem viu um disco voador na praia à tarde.

Todo ano tem uma novidade dessas: é ano de saci bagunçando as coisas, é ano de caipora, é ano de lobisomem.

E fica geral ligado nessas histórias, como que acreditando.

Resultado: desce todo mundo pra areia para procurar o tal disco voador.

Faço a minha cara de sem paciência.

Cortaram meu barato.

Desço junto.

Claro que ninguém vê porra nenhuma. Só serve pra mudar o clima.

Eu quero estar na praia sim, mas só com ela, não com essa renca toda de gente.

Um a um entra em casa.
Sigo meu caminho com minha irmã e Antonio.
Virado na porra.

13 DE JANEIRO

Durmo mais que o normal e nem quero saber de ir pescar.
Antonio me acorda:

Sua mulher já tá lá na praia!

Quem dera fosse minha mulher.

Dessa vez não viro pro lado não, saio logo, nem tomo café, desço espanando areia.
Um monte de gente já sentada e conversando e o assunto é um só: o disco voador.
Garantem que é à tarde que ele aparece.
Já sei que o programa vespertino de hoje será procurar objetos voadores não identificados à beira mar.
Que merda.
Só atrasam o meu lado.
Todo mundo vai, fazer o quê?

Não vou precisar descer depois do almoço, espero o povo passar lá em casa.
Será mais perto do final da tarde.
vou aproveitar e ficar lendo um pouco.

Com o sol frio, o pessoal chega.
Vou me sentindo um abestalhado.
Não é tão ruim, praia à tarde é legal, boa de mergulhar.
Ela me pergunta se não vou ficar com frio por causa do vento.
Eu digo que não, fico firme, mas é pura pose.
Fora da água é um frio do caralho.

Quando o céu vai passando de azul pra acinzentado, não é que aparece uma coisa diferente lá no alto?
Um pontinho vermelho, brilhante.
Começa a discussão: é disco voador, não é; é estrela, não é; é planeta, não é.

Um bando de gente que não entende merda nenhuma de astronomia dando palpite.
Mal reconhecem o Cruzeiro do Sul e ficam cheios de certezas sobre um ponto vermelho.
Me falta paciência.

Foco o pontinho, que é até bonito.
Dá umas ideias malucas, de transmutação.
Queria que fosse mesmo um disco voador, que baixasse um raio e puxasse nós dois, levasse pra bem longe, só eu e ela.
Nada mal.

Oh! Oh! Seu moço
do disco voador
Me leve com você
pra onde você for.

Mudo de canal com o pessoal chamando pra voltar.
Hoje à noite vai ser só esse assunto na barraca.
Saco!

14 DE JANEIRO

Chego na praia e adivinha o assunto?
Caralho.
Tento mudar o papo e puxo a conversa pra Lavagem do Bonfim, amanhã lá no Conde.
Quem vai, como vai, o que vamos fazer.
Começamos a organizar, mas isso logo fica pro dia seguinte.
Lá vem de novo a caceta do disco voador.
Até ela se interessou.
E eu querendo falar de José Arcádio amarrado na árvore.
Saio da praia antes de todo mundo.
Tô com os culhões cheios hoje.

15 DE JANEIRO

A praia termina cedo porque todo mundo vai se preparar pra Lavagem do Bonfim.
É um daqueles eventos que a gente se arruma melhorzinho, bota uma roupa mais legal.
Bermuda, tênis e uma camiseta de moda.
Meu pai me deixa levar o carro, com a condição de eu não entupir de gente.
Ele fica retado quando vê o fundo da Caravan cheio de cabeça.
Diz que acaba com a suspensão.
Sobre beber ele nem precisa falar.

Mas só vou levar o carro.
Como ele vai mais tarde, na volta dirige.
Pego a máquina fotográfica e saímos eu, minha irmã e Antonio lá pra igreja encontrar com o pessoal.
Começamos a dividir quem vai com quem.
Ofereço carona pra ela, mas me diz que vai com o irmão.

Tem uma turma que prefere ir no ônibus cata-corno que faz o trajeto Sítio-Conde.

Demora pra cacete a viagem, porque vai parando pra qualquer um que faça sinal em qualquer lugar, gente, bicho, planta, não importa o que seja ou onde esteja.

Vai ser divertido; vai a maior galera.

Antonio vai.

Fico até com vontade, ainda mais depois de saber que ela não vai comigo.

Começa o comboio.

Aqui no carro estamos eu, minha irmã, Cátia, Marina, Cristiane e Márcia.

Quatro apertadas no banco de trás, mas sem ninguém no fundo pra não aporrinhar meu pai.

Somos o último carro a sair; até a miséria do ônibus já foi.

No que a gente sai do Sítio, no início da estrada, e vejo o cata-corno estancado lá na frente.

Agora se superou; tá parando pra pegar algum jacaré na lagoa?

Chego mais próximo e vejo Antonio, Ricardinho e Caio Túlio descerem do ônibus.

Que porra é essa?

A caixa enferrujada seguindo e os três na estrada acenando pra mim.

Que merda vocês fizeram?
A gente quase apanha de barra
de ferro! Motorista filho da puta!

Olha a merda: ao ouvir "rema, rema, rema, remador, vou botar no cu do cobrador", o motorista tomou as dores do homenageado, pegou um cano de metal e avisou que, se não descessem, iam entrar na porrada. Antônio com uns olhos do tamanho de bola de frescobol, Caio Túlio parecendo que foi enrabado e Ricardinho rindo pra caralho.
Não tem outro jeito a não ser abrir o fundo e enfiar os três meliantes lá dentro como em um camburão.
Tô fudido com meu pai.
Mas que tá engraçado, tá.

Chego no Conde, estaciono, e vamos nos reagrupar com o resto da galera lá na praça.

A aventura do trio vira o assunto principal.

Todo mundo comentando, todo mundo rindo.

Começa a sessão das fotos.

Junta o povo aqui, foto, junta o povo ali, foto.

Os casais já oficiais posam, os não oficiais se escondem da máquina.

Regulo a quantidade, são só 36.

Quando troco de lado da máquina, grudo nela pra sairmos juntos.

Mas alguém sempre chega junto, não dá nem pra gente se desgarrar.

Tem sempre um ou outro que entra na pose.

Muito movimento.

A festa é bonita, colorida.
É raro ver tanta gente assim por aqui em dia que não é de feira.
Cortejo de baianas com jarros de flores, cantoria, batuque.
Uma miniatura do que acontece em Salvador.
Andamos de lá pra cá o tempo todo.
Praça, beira do rio, ponte pra Vila, rodamos por todos os cantos.
E tome foto.
Tenho que parar porque ainda tá na metade do veraneio.

Ficamos nessa até o começo da noite.
Meu pai já tá aqui, com cara de poucos amigos pra mim, serviço de algum desses pivetes dedo-duros.
Já avisou que quer conversar comigo em casa.
Fudeu.

Volto pro Sítio de carona na carroceria de um caminhão, junto com os banidos do ônibus.
As meninas vão no carro.
Todo mundo no bagaço.
Não vai rolar barraca da praia hoje à noite não.
E eu vou entrar no esporro.

16 DE JANEIRO

Como parte do castigo por ontem, meu pai me acorda e diz que eu vou nas Poças com ele comprar camarão.

Não chega a ser um castigo, mas fico quieto e faço cara de contrariado.

Se não, ele inventa um de verdade.

Só não entendo; falta camarão pra isca aqui no Sítio, mas a feira é amanhã.

Verdade que nas Poças sempre tem, é onde chegam os barcos de pesca.

O problema é que, apesar de perto, não tem estrada. Ou você vai pro Conde e desce de barco pelo rio, ou vai de buggy ou jipe pelas dunas.

Essa é a parte boa.

Meu pai fala todo ano que vai comprar um jipe e nada. Então, vamos de carona no buggy de Juca, um dos parceiros de pesca dele.

É a melhor parte, subir e descer as dunas; parece até propaganda de Hollywood, o sucesso!

Tomara que seja rápido, porque quero voltar pra praia.
Quero saber das novidades de ontem.
E encontrar ela.

Vamos pela estrada até a Barra Nova e depois começa o passeio pela areia.
Braço de rio de um lado e mar do outro.
Não dá pra ir pela praia porque esse trecho é cheio de pedras.
Só fica areia lisa justamente nas Poças.
É tudo muito bonito.

Começam a aparecer umas casinhas.

Paramos e meu pai pergunta onde tem camarão.

Indicam uma casa mais na frente, de um tal de Seu Zelinho, falam que de certo ele tem.

Chegamos em um casebre simples, mas bem cuidado, pintado de verde claro, com telhado de telhas, e não de palha como a maioria por ali.

Junto, tem uma vendinha.

Batemos palmas.

Sai de dentro um senhorzinho, com os cabelos denunciando a idade, caboclo da pele bem queimada de sol.

Dia!

Dia!

Vocês querem camarão, não é?

Isso, tem?

Tem sim. Quantos litros vocês querem?

Seis litros.

Seu Zelinho chama um menino que parece ser seu neto e manda buscar o camarão lá dentro.

O moleque vai e vem seis vezes com a lata e coloca nos isopores.

O velho pergunta se a gente não quer comer um camarão frito na venda dele.

Eu quero é voltar pra praia, mas fico é quieto porque tô mais sujo que pau de galinheiro com meu pai.

E aí começa: conversa, camarão, cerveja, cachacinha.

E não é que tá bom?

O velho tem boa prosa e conta um monte de história. Ele descobre que meu pai é o dono da casa em cima da duna e fala que as pessoas não gostam de construir assim, logo de frente pro mar.
Eu pergunto o porquê.
Primeiro, fala da "biatatá", a cobra de fogo. O povo tem medo que ela venha atraída pelos candeeiros.
Meu pai diz que isso é fogo-fátuo, mas ele afirma que não, que a "biatatá" existe mesmo, que ele mesmo vê de vez em quando.
E tem o lobisomem - esse um velho conhecido meu por aqui - que nas noites de lua cheia anda pela beira da praia. Aí as pessoas preferem ficar escondidas depois da duna.

Pergunto do disco voador e o velho diz que não acredita nisso não.

Eu rio.

Também recorda das explosões da época da guerra, dos navios afundados, do barulho imenso, das pessoas apavoradas escondidas e do náufrago que chegou lá na Siribinha agarrado a uma tábua.

Caralho, quanta história legal.

E tome copo de cerveja, copinho de cachaça e camarão.

Quando nos damos conta, já é quase hora do almoço.

Levanto meio tonto. Não sei se reclamo de perder a praia não.

A gente podia vir comprar camarão aqui mais vezes.

É tanto causo bom que já tô quase chamando o Conde de Maconde.

Hoje à tarde quero contar tudo isso pra ela.

17 DE JANEIRO

Acordo pra ir à feira sem reclamar.
Continuo na tentativa de limpar minha barra com meu pai.
Vou, rodo as barracas, carrego as sacolas, volto, ponho as coisas dentro de casa, ajudo a arrumar tudo. Sem reclamar; tô em condicional.

Meu pai comenta que amanhã estão combinando de passar o domingo na Barra do Itariri.
Notícia boa, eu adoro lá!
Praia com rio, o dia todo nadando, a maior farofada e cachaçada.
O banho de rio é uma delícia e sempre a gente vai de galera, ninguém falta.
E, com os pais lá, a bebida é liberada.

Desço pra praia animado e falo com o pessoal do passeio amanhã.
Já tão sabendo e todo mundo se organizando.
Quase todo mundo.
Sento ao lado dela e fico sabendo que uns parentes vêm passar o dia amanhã aqui no Sítio.
Ela não pode ir.
Eu pergunto porque eles não vão passar o dia lá e ela responde que é muita gente, tem que ter almoço grande, que é uma chateação.
Chateado fico eu.
Merda!

O grande grupo da praia, aquele bolo de gente, vai se espalhando um pouco.
Alguns casais já se formaram. Se afastam um pouquinho e dividem a toalha de praia.
É numa hora dessas que me dá vontade de chamá-la pra dar uma andada na praia.
Mas eu travo.
Não sei, tem muita gente vendo.
Vai ficar todo mundo comentando.
Ela pode não querer.
Vou passar vergonha.
Pode não ser a hora.
Até ensaio, mas nada sai.
Amarelo.
Vou esperar o momento certo.

18 DE JANEIRO

Dia de Barra do Itariri é movimentação cedo em casa.
Arrumação das coisas pro passeio.
É dos poucos eventos que minha mãe participa.
Meu pai separa uma garrafa de whisky e uma de Bacardi pra levar, Carta Oro.
Minha mãe gosta de Cuba Libre.
A comida é colocada em potes.
Colocamos tudo na Caravan e saímos.
Parada na casa de Seu Macieira, pai de Tido, Maurício e Lena; já tão quase prontos, Dona Lídia terminando de arrumar as coisas.
Será um dia sem pescaria porque lá não é um ponto muito bom.
Bom mesmo é pra tomar banho de rio, conversar, tomar uma, ficar o dia todo sem fazer porra nenhuma.

Passamos em frente à casa dela e tem uns carros diferentes lá. Tomara que sejam só parentes mesmo.

Até a Barra do Itariri são 13 quilômetros em uma estrada de terra que às vezes tá boa, às vezes tá ruim.
Dessa vez não tá tão mal, uma chuva só no mês não dá pra fazer tanto estrago.
Chegamos e começamos a tirar a bagaça toda: toalha, isopor, cadeira, guarda-sol, bebidas, garrafas térmicas, potes e panelas amarradas com panos.
Farofa da zorra.

A gente já sai correndo pra dentro do rio.
O legal é que ninguém precisa sair da água pra conversar; é um tanque, bem diferente das ondas quebrando no Sítio.
Ficar de molho na água, subir e descer pra tomar um gole, beliscar alguma coisa, se juntar com os mais velhos, tomar uma cerveja, voltar a mergulhar.
Dia divertido.

Lá pelas tantas, alguém dá a ideia de ir no mangue do outro lado do rio.
Vão os meninos, as meninas têm nojo da lama.
Quase uns dez e a gente volta com dois caranguejos; habilidade nenhuma.
Se dependesse disso, ia todo mundo morrer de fome.
Como não vai dar pra fazer nada, a gente solta os bichos.
Só serviu pra ficarmos cheios de lama.

Nos limpamos mergulhando e esfregando o couro.
No final da tarde, estamos mais pra lá do que pra cá.
Cana dura.
Embarcamos nos carros e lá vai fila indiana pela estrada, devagar, um regulando o outro por causa da cachaça.
O sol já morrendo quando chegamos no Sítio.
Olho ao longe pra a casa dela e os carros ainda tão lá.
Não terei forças pra descer mais tarde.
Quero cama.

19 DE JANEIRO

Acordo tarde.
Ontem foi foda.
Água dura.
Tomo café sozinho com sono.
Meu pai foi pescar, minha irmã e Antonio já tão na praia.
Não sei como aquele sacana acordou antes de mim.

Na praia, falamos sobre o passeio de ontem, de programar outros passeios e alguém dá a ideia de ir até a Barra Nova.
É pertinho, dá pra sair depois do almoço andando.
Só um quilometro daqui.

Ela tá amuada por ter perdido a ida ao Itariri.
Tenho vontade de dizer que eu também.
Mas fala que hoje à tarde vai com a gente de qualquer jeito, que não vai ficar presa em casa.
Combino de passar na casa dela na hora de ir.
Vou tirar mais fotos.
Tenho que tomar cuidado, a Lavagem do Bonfim e o Itariri, deram uma baixa no filme.

Almoço e me arrumo pra caminhada.
O melhor é que é pela estrada mesmo.
Pela praia o caminho é cheio de pedras e tem que desviar pela areia fofa.
Cansa pra porra, ainda mais com esse maçarico em cima da cabeça.
Pego a máquina e um facão, pra abrirmos uns cocos no caminho.
Lá perto da Barra tem uns coqueiros baixinhos.
Descemos a rua e digo pra minha irmã e Antonio que vou passar na casa dela.
Minha irmã me olha com cara de desconfiada.
Ela é mais nova, mas não é besta.
Sei que vai rolar fofoca.
O pessoal segue andando e, não demora muito, chegamos.
A paisagem é bonita pra cacete, a lagoa em boa altura, nem seca nem cheia demais. E os cocos tão um mel.
O facão é pros outros abrirem, porque eu não tenho habilidade nenhuma. Periga torar um dedo.

Tiro fotos com parcimônia, ainda falta muito veraneio.

O sol baixa um pouco e voltamos pelo mesmo caminho da vinda.

Dessa vez, consigo ficar só com ela andando um pouco afastado do bolo.

Até que enfim.

Mais uma vez falamos da Barra do Itariri e reclamamos que não tem outro jeito para ir lá sem ser de carro.

Aí, sei lá o porquê, me veio a ideia de ir de bicicleta, não pela estrada, que é mais longe, mas pela praia com a maré baixa.

Ela fala que a bicicleta dela tá lá e que nunca usa.

Pronto, amanhã vamos pro Itariri de bicicleta!

Saímos quando a maré estiver baixando na metade e voltamos no meio da subida.

Perfeito!
Óbvio que vou ficar de boca de siri pra ninguém inventar de ir junto.
O único problema é que a minha bicicleta tá parada há uma caralhada de tempo.
Não deve ter nenhuma engrenagem sem ferrugem.
Digo que vou voltar pra casa e arrumá-la, me despeço e caminho ligeiro.

Chego e vou ver a situação do meu poderoso e redentor veículo de duas rodas: deplorável. O quadro da Monareta tá intacto, a pintura cor de vinho metálica em bom estado, mas pedal, corrente, freio, tudo travado. Pego a caixa de ferramentas, WD40, vou lá na casa da bomba d'água e pego uma lata com um resto de graxa. WD nos parafusos pra folgar, chave de boca, alicate de pressão, e nada de conseguir tirar. Sigo malhando. Minha irmã e Antonio voltam, não entendem porra nenhuma, digo que tô a fim de pedalar amanhã, me olham como se eu fosse maluco, tomam banho, jantam, perguntam se não vou na barraca ver a lua que tá quase cheia, saem de novo, e eu lá na batalha. Não tem lua certa hoje. Amanhã eu conto pra eles; se contar hoje, vai ser o mesmo que colocar no Jornal Nacional. Tento lavar minimamente as mãos pra comer alguma coisa rapidinho e voltar pro serviço. Minha mãe diz que não importa que horas eu termine, eu não vou dormir sem banho, que não quer saber de lençol sujo de óleo. Todo mundo volta e eu continuo no lubrifica, folga, lubrifica, aperta. A situação fica melhor: corrente firme, com graxa, catraca também. Só falta regular os freios. Mas, pra isso, tenho que encher os pneus. Meus braços tão latejando; vamos lá bater bomba, falta pouco. Começo a ajustar os freios. Dá trabalho: puxa cabo de aço, aperta, não fica bom, tá arrastando, afrouxa, solta um pouquinho, aperta de novo, agora não tá pegando, solta de novo, puxo menos, aperta, funciona, agora vou fazer tudo isso novamente no freio dianteiro. Com todo mundo dormindo, saio pra fazer um teste pelo caminho até o portão. Afe! Rodando!

Vou procurar querosene pra limpar as mãos e os braços e sigo pro chuveiro.

Cansado, mas com a sensação do dever cumprido.

Vou dormir, se conseguir.

Amanhã, a missão vai se completar.

20 DE JANEIRO

Minha irmã estranha.

Não vai pra praia?
Não, quero andar de bicicleta.

Cara de quem tá imaginando o que tá acontecendo.
Antonio já sabe, mas jurou que não vai abrir a boca.
Tô um pouco dolorido, mas nada que me impeça de sair.
De jeito nenhum.

Pego o rumo da rua.

Lembro do tempo de descer rápido e saltar usando qualquer montinho de barro como plataforma.

Hoje é mole com as BMX desses moleques.

Quero ver fazer com essa Monareta queixo duro aqui, como no meu tempo.

Desço desviando dos buracos. Não vou tentar pular nada não; depois eu me estabaco e fá-fé-fi-fó-fudeu a pedalada e a manhã no Itariri. Chego na casa dela.

Tá linda, com um vestidinho por sobre o biquini e uma sacola com coisas de praia.

Eu só levo algum dinheiro no short, porque vamos chegar lá com sede.

Ela vai lá dentro buscar sua Berlineta.

Eu não entendo porque as meninas preferem essa bicicleta.

Tem um guidom desconfortável, uma posição de pedalar incômoda. Vai entender.

Mas pouco importa.

Seguimos pela rua; tem pouca gente.

Acho que nosso passeio vai passar despercebido, ainda tá cedo pra sair pra praia.

Subimos em direção à barraca e descemos o caminho de terra batida que vai até perto da areia dura.

O dia tá do caralho, o vento a favor, na direção em que pedalamos.

Passamos pela barraca de Zé Soldado, mais distante, na beira da praia.

Na prática, é a última construção até chegarmos ao Itariri.
Até lá, serão só dunas e coqueiros.
Passamos pelo Corre Nu.
Não dá pra identificar direito os outros pontos, a paisagem é bem igual.
Vamos pedalando devagar e conversando.
Nos intervalos, fico imaginando como será quando chegarmos lá.
O roteiro já foi preparado: paramos, ela toma um refrigerante, eu uma cerveja, vamos tomar banho de rio, ficamos conversando dentro d'água, a conversa flui, não tem quase ninguém, vou tomando coragem, sinto o gelo na barriga, ela também tímida, aos poucos vamos ficando próximos, vamos alternando intervalos maiores entre conversas e silêncio, seguro em sua mão, mais silêncio, nossos rostos se aproximam, mais silêncio ainda, e um beijo.

*Nossa, estou cansando. Estou
fazendo muita força.*

Olho pra bicicleta dela e vejo que o pneu traseiro tá murcho. Ela fica nervosa e diz que não vai conseguir voltar, que a mãe dela vai matá-la. Estamos bem perto, mas não tem mais jeito de continuar. Tento acalmá-la, falo que vamos voltar agora e troco de bicicleta com ela. Ela diz que não vou conseguir, que tem que fazer muita força. Digo que não tem problema, eu aguento. Se montar em uma Berlineta já é uma merda, imagina com o pneu baixo. Vou quase tendo um ataque cardíaco. São uns 10 quilômetros nesse embalo. Não conversamos mais; ela assustada e eu concentrado em fazer aquela coisa andar. O ritmo é muito mais lento, mas o importante é chegar. Nossa volta é no dobro do tempo normal. Não sei como consegui. Geral vê a gente passeando. Já era o segredo.

E como é que sobe aquela miséria daquela ladeira de terra de novo até a barraca?
Com todo mundo na praia olhando?
Nem fudendo, eu vou empurrar essa bicicleta aqui.
Vou até a casa dela e destrocamos as bicicletas.
Ela ainda preocupada, mas já um pouco mais calma, e eu botando os bofes pra fora, olhando minhas pernas que agora parecem dois troncos de coqueiro, como se não bastasse os braços latejando de ontem.
Nos despedimos meio sem graça e sem beijo.

Acaba o dia pra mim.

21 DE JANEIRO

Dói tudo. Não consigo me mexer.

22 DE JANEIRO

Meu pai me pergunta se não quero ir na pescaria lá na Praia dos Pescadores, combinada com Juca na semana passada, nas Poças.

Praia dos Pescadores é o nome ridículo de um loteamento que criaram lá.

Como se as outras praias também não fossem dos pescadores.

A única coisa boa é que, por causa do arremedo de urbanização, tem uma rua que chega na beira da praia.

É saltar e se instalar.

E também não tem nenhuma casa.

Acho que não tão vendendo zorra nenhuma.

Ainda bem.

Como continuo sem condições de descer e subir dunas, aceito o convite de bom grado.

Meu material de pesca já tá todo pronto.

Antonio também vai.

Vamos na Caravan, passamos pra pegar Juca; ele leva o filho e dois sobrinhos.

Tudo menino pequeno.
Colocamos os três pivetes no fundo e tocamos rumo à praia, na estrada da Barra do Itariri (não quero nem pensar em ir lá).

Muito bom de peixe hoje.

Não preciso jogar muito longe, até porque não tenho forças.

Fico sentando na areia, tranquilo, pensando na vida. E nela.

Os pivetes correm lá em cima, entrando e saindo do carro, brincando sem encher o saco.

Quando chega a hora do almoço, paramos e vamos lá no carro pegar os sanduíches.

Aí é que descobrimos a porra.

Não tem mais nenhuma comida por causa dos filhotes do coisa ruim.

Os moleques comeram tudo.

Só sobraram as laranjas.

Os meninos correm pra não levar porrada e nós vamos de laranja mesmo.

A gente continua, com Antonio reclamando feito uma tia velha.

Mas não tem pra onde ir, a gente só vai embora quando meu pai e Juca derem a pescaria por encerrada.

Chego em casa no final da tarde, morto de cansado, todo entrevado ainda, cheio de fome.

Só em tempo de tomar banho, comer e dormir.

Vou perder a lua cheia hoje.

23 DE JANEIRO

Na praia, a gente resolve que vai ter festa amanhã.
Na casa dos Leonardos.
São três irmãos: Leonardo, Dió e Lico, mas a gente fala os Leonardos.
É um os córneos dos outros.
Fazemos uma vaquinha pra comprar cachaça, limão e soda limonada.
As bebidas serão batida e porradinha.
Os outros refrigerantes cada um vai malocar de sua casa.

Como não tem nada pra fazer a tarde, a gente vai no Conde comprar uma grade de Pitú no fusca deles, com Leonardo dirigindo.
O som vai ser um 3 em 1 mesmo.
Voltamos e passo o resto do dia olhando os discos que eles têm e separando umas fitas minhas.
Passei um tempo da zorra pra gravar essas fitas na sequência mortal.
Dias com o dedo no pause esperando e torcendo pro locutor não abrir a boca.
O arsenal tá montado.
Amanhã eu ataco.

Hey oh, let's go! Hey oh, let's go!
Hey o oh, vamos lá

24 DE JANEIRO (MANHÃ)

Bem que tentei fugir da feira hoje.
Meu pai chegou e eu falei que ainda tava todo moído
da bicicleta.

> *Vem com essa conversa mole não que*
> *você tava carregando engradado de*
> *cachaça ontem que eu sei.*

Isso é coisa desses pirralhos caguetes do caralho.
Bom, tá no inferno, abraça o capeta.
Se é pra ir na feira, vamos fazer ela rápido e voltar
logo pra praia.
Pego as sacolas, levo pro carro, pego de novo, arrumo,
tudo na agilidade.
Só demorou mais porque já estava faltando bastante
coisa lá em casa.
Cheguei em casa e fui feito um foguete levar tudo
pra dentro.
Ainda botei pressão em Antonio, que é mole.

> *Bora pra praia!*

Sento direto do lado dela, sem rodeios.
Ela ri.
O resto da galera não tá muito preocupado com isso.
Quem não se ajeitou tá tentando se arrumar.
O engraçado é com Antonio.
Ele tá a fim de Lena, Lena tá a fim dele, e Tido no meio de empata foda.
Minha irmã deixa Antonio tranquilo porque parece que não tá rolando nada pro lado dela ainda.
Acho que só no ano que vem.

A praia é vai e vem de mergulho e papo sobre a festa de hoje.
Rola um baba em que eu fico no gol pra não me estropiar.
Sou melhor no gol que na linha.
Dou umas enfeitadas bonitas.
Fim de jogo, fim de praia, falo pra ela que passo em sua casa antes de ir ajudar a preparar as coisas da festa.
Tenho o péssimo hábito de me voluntariar a organizar as coisas.

Vou pra casa almoçar e sair ligeiro.

24 DE JANEIRO (INÍCIO DA TARDE)

Passo na casa dela e a gente fala sobre as músicas
que vão tocar na festa.
Quero saber quais ela mais gosta.
Tô com minha caixa de fitas cassete.
Ela fala que quer dançar.
Coloco a fita no som, posiciono na música e ela parece
Christiane Torloni.

> *Quero ver você dançando assim na festa.*
> *Tá louco, é só aqui pra você. Não*
> *conta pra ninguém.*

Quase caio da mureta.

A gente continua lá de papo furado, com os irmãos
dela entrando e saindo, até Maurício passar e me cha-
mar pra ir lá pra casa dos Leonardos arrumar a festa.
Queria ir não.
Mas falei pra ele chamar Tido.
Era a chance de tirar a marcação de Antonio.

24 DE JANEIRO (TARDE)

Festa todo mundo quer, mas pra arrumar não aparece um filho da puta.

Empurra sofá, mesa, cadeira e abre espaço pra pista de dança.

Como os pais deles nunca tão lá, não tem perigo de reclamação.

Testei o som, tá beleza.

Aí fizemos um mutirão pra descascar os limões.

Enfiava uns cinco no liquidificador, botava cachaça até a metade e batia.

Provava, acertava com água se estivesse muito forte, e engarrafava de novo e colocava na geladeira.

Fiquei zureta.

Melhor comer bem no jantar pra não baixar na cama antes do tempo.

Deixamos tudo pronto, bebidas no gelo, som no ponto, fitas e discos arrumados, era ir pra casa tomar banho, se arrumar e voltar.

Saí na base do "é hoje!".

Dá-lhe, dá-lhe, dá-lhe meu Vascão!

24 DE JANEIRO (NOITE)

Feijão com macarrão pra dar aquela forrada no estômago, roupa passada e cheirosa, perfume do meu pai.
Tô preparado pra festa.
Descemos todos juntos, meu pai, minha irmã, Antonio e eu.
Meu pai desvia um pouco antes, entra na Rua Chile e vai pro pôquer. Rua Chile é o apelido da rua que concentra mais casas de veraneio e onde fica a muvuca do pessoal mais velho.
Pra eles, Rua Chile é sinônimo de movimento, de chiqueza, como foi há muito tempo em Salvador.
Chego na casa dos meninos e vou direto pro som, vou deixar tudo no ponto.
O pessoal começa a chegar.

Ela aparece e eu largo som. Antonio vem com Lena, disfarçando, mas juntos; acho que deu certo arrastar Tido hoje à tarde.
Eu abaixo olhar pra ele.
Ele ri.
Boa!

Coloco umas músicas mais embaladas: Donna Summer, Earth, Wind and Fire, Chic, Rita Lee.

Batidas no copinho, refrigerante pra quem é de refrigerante, e já começam as porradinhas no joelho dos copos com cachaça e soda.

Pra galera ficar solta.

Ela fica só na Coca-Cola e eu na batida.

Porradinha é foda, sobe na hora.

Encaixo uma TDK SA 90 com as melhores pra dançar e deixo rolar.

São 45 minutos sem precisar voltar no som.

Fico junto dela conversando e imitando alguma coisa próxima de dança.

Eu pareço o robô B9 do Perdidos no Espaço dançando.

Mas tá tudo numa boa e me aproximo mais, até que alguém tem a bendita ideia de fazer a dança da vassoura.

Puta que pariu.

Sobra sempre um homem sem par e ele fica segurando a vassoura. Ele escolhe algum par, entrega a vassoura pro caboclo que tá dançando, que tem que sair e procurar outro par pra entregar a vassoura pra outro caboclo e assim por diante. Você fica a todo momento à mercê de cortarem seu barato.

A maioria apoiou e eu fui trocar a fita por uma de música lenta, que é melhor pra brincadeira.

Dei play e corri pra chamar ela pra dançar. Abraça-
dinhos, legal, cheek-to-cheek, até que alguém me
cutuca e entrega a vassoura.
Tomar no cu.
Ah, não.
Corro pra Antonio, enfio a vassoura na mão dele
e mando entregar pra Maurício e falar pra ele me
entregar de novo.

Não reclama, você já resolveu
sua situação. Faz!

Não preciso esperar quase nada Maurício voltar com a vassoura pra mim.

Fico tranquilo umas duas músicas até que vem algum outro.

Porra, de novo.

Eu pra Antonio, Antonio pra Maurício, Maurício pra mim.

E mais algumas músicas sem pertubação, o esquema tá funcionando.

Me tiram de novo.

Que saco!

Só tinha um jeito de resolver isso, chutar em gol.

Bem menos tranquilo do que eu imaginava, mas tem de ser.

Dei uma pausa, cada um continuava com seus pares e troquei a fita pra sequência matadora, começava com Sailing.

Não deu tempo nem de tentar falar; todo mundo começou a espirrar e coçar os olhos.

Ardor da porra.

Ninguém tinha se ligado mas, como a casa fica bem na rua, com as janelas direto pra calçada, jogaram pimenta no chão, e agora tava uma névoa ácida só.

Acabou a festa.

Parecia enterro, geral chorando.

Vontade de matar um.

Saímos em grupo, ela, eu, Lena, Antonio, Maurí-
cio e Tido.
Meu pai já tinha ido buscar minha irmã.
Deixamos todos, e eu e Antonio subimos pra casa.

Você tá demorando como a porra.
Vou resolver, deixe comigo.
Você tem que queixar ela logo, tá pra lá e
pra cá com ela desde que
o veraneio começou.
Relaxe.

25 DE JANEIRO (MANHÃ)

Todo mundo acorda tarde.
O assunto é a pimenta que jogaram na festa.
Galera tá puta.

25 DE JANEIRO (TARDE)

Passo na casa dela antes de ir pra sorveteria.
Ninguém estranha mais.
A gente bem que podia ir de mão dada.

Como a festa de ontem não valeu, estamos programando outra no fim da semana.
Vai ser na casa de Duda, que é na frente do areal. Vai ficar sempre gente na frente da casa bebendo e conversando, sem chance de aprontarem alguma coisa.
E nada de dança da vassoura dessa vez.
Foi até bom a nuvem de pimenta.
Eu ia me precipitar.
Não era o momento certo.

26 DE JANEIRO

Começa a chegar uma nova leva de veranistas.
É a turma que vai emendar as férias com o Carnaval.
Não estou interessado em que vai chegar.
Só em quem ainda tá aqui.

À tarde a gente vai de galera pro Conde.
Ricardinho arrumou uma namorada de Brasília que
foi embora na semana passada.
A gente tem que passar no posto da Telebahia pra
ele falar com ela.
Fica uma fila da porra.
E o interurbano é caro pra cacete.

> *Oi, Marcele, tudo bem? Chegou bem? Tô
> com saudades. Vou te escrever. Tchau!*

Menos de um minuto.
A gente ri muito.
Tem que ser por carta mesmo.
Correio sai bem mais barato que DDD.
Espero ter que conviver com esse problema.

27 DE JANEIRO

Clara chegou.
Ela mora em Ilhéus e lê mãos.
A galera tá curiosa e fazendo fila pra saber o futuro.
Não sei se quero não.
Ela já disse que não quer saber nada.
Eu tô na dúvida.
Antônio também tá na batalha do medo com a curiosidade.

Zé Mário é o primeiro a ir.
Volta rindo.

Ela falou que eu vou morrer cedo.

Clara não tá aliviando.
Mais um vai.
Olhos arregalados.
Outro.
Cara de atenção.
Antonio toma coragem e vai.

> *E aí?*
> *Ela disse que eu vou ter um problema de*
> *saúde muito sério, mas vou sobreviver.*
> *Menos mal.*

Queria que minha irmã fosse na minha frente, mas ela não tá aqui.
Se eu não for, vou parecer frouxo.
Bora encarar.

Clara pega minha mão esquerda.

Alea jacta est

> *Vai ter uma vida bem longa.*

Ufa!

> *Muitas mudanças na sua vida, principalmente na profissional.*

Nem bom nem ruim, interessante.

> *Vai conhecer muitos lugares.*

Isso é bom.
Ela faz uma pausa.

> *Quer saber mais?*
> *Quero.*

Fico meio desconcertado.
É estranho.
Conto pra Antonio.

Como assim não vai ser feliz?
Sei lá.
Ela não falou mais nada?
Não.
Você não perguntou?
Eu não. Vai que piora.

Não devia ter lido.
O não vai ser feliz pode ser distante, daqui a muitos anos.
Tô interessado é em ser feliz daqui a três dias.
No dia da festa.

28 DE JANEIRO

Acordo invocado com minha mão esquerda.
Vou pra praia e ela me pergunta se eu li a mão.

Li sim.
E aí, o que saiu?

Conto só a parte boa.
Só Antonio sabe da parte ruim.
Não contei pra mais ninguém.
Não devia ter lido.

29 DE JANEIRO

Hoje é dia de vaquinha e compras no Conde.
Mesmo esquema da última festa.
Vamos deixar tudo preparado hoje.
Não quero fazer papel de organizador amanhã não.
O que eu tiver de fazer é hoje.

Saio baleado de tanto provar batida.
Melhor não falar com ela desse jeito.
Vou pra casa.

30 DE JANEIRO (MANHÃ)

Hoje é a despedida das coisas que eu mais gosto aqui.
Vou pescar com meu pai.
Antonio foi encontrar com o pessoal.
Amanhã não terei tempo pra nada, só pra ela.
Tá tudo planejado.

O mar tá bom hoje.
Pra mergulho e pra peixe.
Uma meia dúzia de barbudinhos.

Peixe frito.
Campari.
Antártica.
Conversa com meu pai.
Mais peixe frito.
Mais Campari.
Mais Antártica.
Almoço.
Um soninho básico pra esperar o sol esfriar.
À tarde tem mais.

30 DE JANEIRO (TARDE)

Vai ter baba.
O dia vai completo.
Pescaria, baba, festa, ela.

Antonio fica chutando pra eu me aquecer.
O pessoal tá chegando.
Escolhemos os times.
Aviso logo que vou ficar no gol, não posso correr o
risco de me machucar.
Chega mais gente.
Time de fora.
Dois gols ou dez minutos.

A bola rola. A gente não sai. Entra time, sai time e a gente lá. Tô virado na desgraça hoje. Como estamos jogando em uma areia mais fofa por causa da maré, tô abusando de fazer ponte. Enfeitando nas defesas. O baba tá massa. Tô coberto de areia, parecendo um bolinho de estudante. Em cada pausa, dou um mergulho pra me limpar. Quase duas horas de relógio de baba. Tá na hora de ir pra casa tomar banho. Alguém vem com a notícia:

> *Tomara que a luz já tenha voltado.*
> *Que luz, rapaz?*
> *A luz. Quando eu vim pra cá,*
> *tinha acabado.*
> *Tá faltando luz?*
> *Não sei agora, mas tava.*

Eita porra, só falta a Coelba fuder com minha vida. Sem luz, como vai ter festa? Como eu vou tomar banho?

Antonio ri.

> *Vai tomar banho frio, sacana.*

Eu odeio banho frio. Com todas as minhas forças. Acho que lá em casa é a única que tem chuveiro elétrico por minha causa. Às vezes, até depois da praia eu tomo banho quente. A galera pega no meu pé, mas não tô nem aí.

> *Bora correndo pra casa pra água não acabar. A gente tem que tomar banho antes de todo mundo. Porra, eu corri pra caralho, você só ficou no gol, seu porra. Quero nem saber, rumbora, porra!*

Quando a gente chega, minha mãe tá na área de serviço, junto do chuveiro de fora.
Abro a torneira e nada, só umas gotas.

Acabou a água?
Acabou.
E como eu vou tomar banho?
Quem mandou você ir se
sujar depois da praia.
Mas eu saí e tinha luz.
Acabou no que você saiu.
Não encheram a caixa de manhã?
Encheram, mas eu tinha que lavar a
área e a cozinha agora de tarde.
Porra, minha mãe, você não sabia
que a gente ia ter que
tomar banho? Tô todo de sal.
Olhe seus nomes, viu?

Caralho, tava tudo certo até agora.

Meu pai chega.

*Melhor vocês tomarem
banho lá casa do Nílson.
Que Nílson?
Cabeça Branca, lá tem poço. Aqui,
quando voltar a luz, a caixa
ainda vai demorar pra encher.*

Pegamos as toalhas e descemos pra rua.

> *Seu Nílson, meu pai falou que o senhor tem um poço. A gente pode tomar banho?*
> *Claro. É lá no quintal.*
> *Brigado. Que horas essa luz vai voltar?*
> *Não sei, o pessoal da Coelba tá trabalhando. Foi lá na entrada. Acho que é transformador. Tá o Sítio todo sem luz. Mas acho que volta hoje ainda.*
> *Deus lhe ouça. Brigado mesmo. A gente vai lá.*

É daqueles poços redondos. Com uma lata dessas de tinta de 5 litros amarrada numa corda pra puxar a água.
Puxamos.
Coloco a mão na água.
Parece que saiu da gaveta da geladeira.

Quem vai primeiro?
Vai você.
Eu não, vai você.
Par ou ímpar.
Ímpar.
Par.
Par, se fudeu.

Antonio ri.

Vá, sacana, jogue a água.

Vai se fuder! Tomar no cu! Caralho!
Puta que pariu! Puta que pariu! Puta
que pariu! Que água gelada do caralho!
Cadê a toalha, porra???

Na moral, se não fosse a festa, eu dormia de sal na esteira da varanda mas não tomava banho.

Tenho a minha revanche. Agora sou eu que vou jogar água nesse sacana.

> *Brigado, Seu Nílson.*
> *Ô, já vão? Não querem café?*
> *Não, a gente tá todo molhado, vamos*
> *voltar pra se trocar, obrigado.*
> *Dá um abraço em seu pai.*
> *Dou sim. Obrigado.*

Já tá escurecendo.
As velas acesas em casa.
No que a gente tá procurando as roupas, a luz volta.
Alívio da zorra.
Tô mais calmo agora.

30 DE JANEIRO (NOITE)

Vou no carro pegar a caixa com as fitas.
Já separei e deixei todas no ponto.
Desço antes com Antonio porque vou arrumar o som.
Minha irmã vai depois com meu pai.
Chego na casa de Duda e começo a testar tudo.
A pressão ainda tá baixando.
Os meninos trazem as batidas.
Estavam lá na casa dos Leonardos.
Com a falta de luz, tá tudo quente.
A hora da festa tá chegando.
A hora tá chegando.

O pessoal começa a aparecer.
A casa tá ficando cheia.
Antonio foi lá encontrar Lena e voltou com ela, os irmãos e minha irmã.

Você não encontrou com ela?
Não, não tinha ninguém na porta.
Não é possível que ela não venha.
Ela falou hoje de manhã
na praia que vinha.
Não é possível.
Quem mandou demorar tanto?
Veraneio acaba amanhã.
Pra você é fácil.
Relaxa, ela vem.

As borboletas amarelas tão agitadas no meu estômago.

Coloco uma sequência dançante.
Chic, Kool and the Gang, Donna Summer, Anita Ward, Gloria Gaynor, Sylvester, George Benson, Love Unlimited Orchestra, Olivia Newton-John, Diana Ross.
Fico esperando.
Viro o lado da fita.
Sister Sledge, mais Donna Summer, Rick James, Cheryl Linn, Quincy Jones, mais Donna Summer, Patrick Hernandez, Evelyn "Champagne" King, Chic de novo.
Tô de olho na pista de dança.
Tomo um gole e outro de batida.
Nada dela ainda.
O que será que aconteceu?
O dia tava bom demais.
Tento me distrair.
Coloco uma sequência de Rita Lee.

Lança, menina, lança todo esse perfume

Cadê o perfume dela?

Ela chega.
Não tenho nem tempo de expirar e sorrir.
Um cara veio com ela.
Não faço ideia de quem é.
Não sei o que fazer.
Eles vão logo dançando.
Desboto.
Vou pro lado de fora.
Me junto a uma roda de conversa.
Dou as costas pra janela.
Não quero ver eles se beijando.
Me viro rápido.
Estão abraçados.
Ela abre os olhos e me vê.
Fecha de novo.

You can't hide your lyin' eyes
Você não pode esconder seus olhos mentirosos
And your smile is a thin disguise
E seu sorriso é um leve disfarce
I thought by now you'd realize
Eu acho que agora você percebeu
There ain't no way to hide your lyin' eyes
Não há maneira de esconder seus
olhos mentirosos

Meu pai vem buscar minha irmã.
Pergunta se vou ficar.
Minha vontade é pegar todas as minhas fitas e ir embora.
Acabar com essa merda.

Vou ficar, tô cuidando do som.

Derrota.
Fracasso.
Frustração.

Volto pro 3 em 1.
Anestesiado.
Sem expressão, troco as músicas, ajusto os ritmos.
Anódino.
Devia matar um litro de batida.
Sozinho.

A festa toma a direção do fim.
Pra mim já acabou faz tempo.
Nem vi ela sair.
Recolho as fitas.
Coloco em ordem na caixa.
Antonio tá me esperando.
Lena foi embora junto com minha irmã.
A gente começa a andar pra casa.
Seguimos calados.
Ele sabe que não vai adiantar nada me dizer qual-
quer coisa.
Peito oco.
Silêncio rouco.
Entranhas arranhando.

As borboletas sumiram.

A lua tá bem visível.
É minguante.
Tudo minguando.

> *I see the bad moon arising*
> Eu vejo a má lua nascendo
> *I see trouble on the way*
> Eu vejo problemas no caminho
> *I see earthquakes and lightnin'*
> Eu vejo terremotos e relâmpagos
> *I see bad times today*
> Eu vejo tempos ruins hoje

Don't go around tonight
Não saia essa noite
Well, it's bound to take your life
Bem, ela está prestes a tirar a sua vida
There's a bad moon on the rise
Há uma má lua nascendo

Devia ter espiado a lua antes de sair.

31 DE JANEIRO (MADRUGADA)

A gente chega e vai direto dormir.
Hoje não tem retrospectiva do dia.
Hoje não tem fofoca.
Hoje não tem nada.
Antonio começa a roncar logo.
Levanto e vou pra varanda.
Sento na esteira.
Podia estar de sal aqui.
Era melhor.
Choro.
As lágrimas saem secas.
O mar na minha frente.
O barulho.
O cheiro.
O vento.
Fico remoendo.
Por que eu resolvi pescar, ficar de papo, bater baba?
Por que eu não fiquei com ela o dia todo?
Por que eu esperei até ontem?
Por que eu não queixei ela logo no início do veraneio?

O que eu podia esperar diferente do esperado?

Será que todos esses dias foram noites brancas?
Não tenho o direito de dizer que seus olhos mentiram.

Vou lá dentro, pego a Abaíra e um copo.
Ainda tem metade da garrafa.
Não tenho sono.
Quem sabe a cachaça apaga a minha memória de
curto prazo.
Quem sabe a cachaça apaga minha insônia.
Quem sabe a cachaça me apaga.
Encho o copo.
Tomo um gole.
Faço careta, mas não barulho.
Não posso acordar ninguém.
Nem vontade de beber tenho.
Agora são golinhos.
Termino.
Não vou completar.
Guardo a garrafa e o copo antes que meu pai acorde.

31 DE JANEIRO (MANHÃ)

O dia clareia.
Desperto.

> *Quando certa manhã Gregor Samsa*
> *acordou de sonhos intranquilos, encon-*
> *trou-se em sua cama metamorfoseado*
> *num inseto monstruoso.*

Meu pai me vê de pé.

> *Não dormiu?*
> *Dormi pouco, quero aproveitar*
> *o último dia.*

Ele faz café e vamos pra feira.
Deixo Antonio escornado na cama.
Hoje a feira é rápida, só algumas coisas pra levar pra
Salvador amanhã.
Descarregamos tudo rapidinho.

> *Quer pescar?*
> *Hoje não, quero andar na praia.*

Sol pocando, nenhuma nuvem no céu.
O azul é cinza nas minhas vistas.
Antonio sai.
Digo que vou andar na praia.

> *Não vai esperar o pessoal passar?*
> *Não, não quero ver ninguém hoje.*

Passo pelo ponto onde o pessoal se reúne.
Sigo até a duna em que vou quando quero ficar
sozinho.
Acho que é a mais alta da praia.
É afastada.
Sento.
Fico.
Vem alguém andando.
É Antonio.
Sobe fazendo força nas pernas.

Sabia que você vinha pra cá. Tá todo mundo na praia já. Ela também.
Viu o cara?
Na hora que eu passei, não tava lá não.
Alguém disse alguma coisa?
Brincaram com ela, ficou toda vermelha.
E de mim, falaram?
Não.
Ainda bem.
Bora lá. Vai ficar o dia todo aqui sentado? Aí o pessoal vai achar estranho.
Bora, vamo.

É melhor mesmo.
Mas não sei qual será minha reação.
Ainda mais se o cara estiver lá.
Concentro e treino um ar blazé.
Nada aconteceu.
Tá tudo como de hábito.
Tô super bem.
Se não pareço bem é porque vou embora amanhã.
Isso, é porque vou embora amanhã.

Funciona.
Falo com todo mundo numa boa.
Inclusive com ela.
Fingindo uma tranquilidade ridícula.
Como se nada tivesse acontecido.
Até porque nada aconteceu mesmo.
Bato papo, bato bola.
O tempo dói pra passar.

Subo pra almoçar com Antonio e minha irmã.

31 DE JANEIRO (TARDE)

Hoje o almoço vai sair mais tarde.
Já começou a arrumação pra viagem.
Carne do sol de tira-gosto dessa vez.
Um Campari.
Dois.
Três.
Quatro.
Tô precisando.
Acompanho meu pai na cerveja.
Ele me nota bebendo mais que o de costume.
Fica atento.

> *Vocês dois não voltem tarde não porque*
> *a gente vai sair cedo amanhã.*

Ele não sabe que não saio mais hoje.
Acabou o veraneio pra mim.

1º DE FEVEREIRO

Todo mundo em movimento levando as coisas pro
carro.
Bem menos bagagem agora.
Me acomodo na posição oposta da vinda, atrás de
minha mãe.
É melhor pra ver a casa dela.
Saímos.
Meu pai para pra fechar o portão.
Será que ela estará do lado de fora?
Não nos despedimos ontem.
Queria tê-la abraçado.
Melhor que nada.
Passamos em frente.
Ninguém.
Nada.
Saio daqui sem nada.

Podia ter pescado mais.
Podia ter batido mais babas.
Podia ter conversado mais com meu pai.
Podia ter conversado com a menina de biquini colorido.
O que faço agora?

Talvez escreva um poema
No qual grite o seu nome
Nem sei se vale a pena
Talvez só telefone

Ou mande uma carta.
E se ela não me responder?
Vou esperar outra oportunidade.
Daqui a dois anos vai acontecer.
Não gosto de anos pares.

INTERLÚDIO

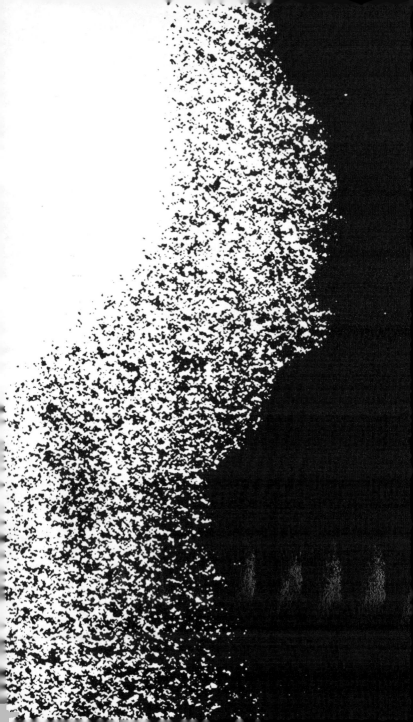

When you were here before
Quando você esteve aqui
Couldn't look you in the eye
Não conseguia te olhar nos olhos
You're just like an angel
Você é como um anjo
Your skin makes me cry
Sua pele me faz chorar
You float like a feather
Você flutua como uma pena
In a beautiful world
Em um belo mundo
I wish I was special
Eu queria ser especial
You're so fucking special
Você é especial pra caralho
But I'm a creep
Mas eu sou uma aberração
I'm a weirdo
Eu sou um esquisito
What the hell am I doing here?
Que diabos estou fazendo aqui?
I don't belong here
Eu não pertenço a este lugar
I don't care if it hurts
Eu não ligo se isso machuca
I wanna have control
Eu quero ter o controle

I want a perfect body

Eu quero um corpo perfeito

I want a perfect soul

Eu quero uma alma perfeita

I want you to notice

Eu quero que você perceba

When I'm not around

Quando eu não estiver por perto

You're so fucking special

Que você é especial pra caralho

I wish I was special

Eu queria ser especial

But I'm a creep

Mas eu sou uma aberração

I'm a weirdo

Eu sou um esquisito

What the hell am I doing here?

Que diabos estou fazendo aqui?

I don't belong here

Eu não pertenço a este lugar

She's running out the door

Ela está fugindo pela porta

She's running out

Ela está fugindo

She run, run, run, run

Ela corre, corre, corre, corre

Run

Corre

Whatever makes you happy
Seja lá o que te faz feliz
Whatever you want
Seja lá o que você deseje
You're so fucking special
Você é especial pra caralho
I wish I was special
Eu queria ser especial

But I'm a creep
Mas eu sou uma aberração
I'm a weirdo
Eu sou um esquisito
What the hell am I doing here?
Que diabos estou fazendo aqui?
I don't belong here
Eu não pertenço a este lugar
I don't belong here
Eu não pertenço a este lugar

Creep
Radiohead

2014

29 DE AGOSTO (MANHÃ)

Vou no shopping pra me recadastrar como sócio do Bahia, fazer a nova carteirinha e me tornar apto a cumprir meu dever cívico tricolor: votar na eleição de dezembro.

É o mesmo shopping onde a reencontrei logo depois do Carnaval.

Foi um café rápido.

Ela tinha um compromisso em seguida e eu precisava pegar a estrada de volta pro Rio.

Tempo suficiente pra um longo abraço.

Pra falar um pouquinho da vida de cada um.

Pra nos seguirmos nas redes sociais.

Pra combinarmos de nos falar mais.

E nos falamos.
Muito.
Curtindo os posts um do outro.
Por mensagem.
Por telefone.
Muito.

> *Feche a porta do seu quarto*
> *Porque se toca o telefone pode ser alguém*
> *Com quem você quer falar*
> *Por horas e horas e horas*

Ela contou do seu processo de divórcio difícil, desgastante, corrosivo.
E eu do meu esgotamento emocional.
Da minha insatisfação.

Montei uma playlist com as músicas daquela época, mais de cem, no iPod.
Levei menos de um dia pra conseguir tudo.
Se fosse gravar fitas, ia levar uns seis meses.
Tenho ouvido essa sequência o tempo todo.
Me deixa leve.

Esqueço um pouco da voz do Ian Curtis, que me acompanha nos últimos anos.

When routine bites hard
Quando a rotina corrói forte
And ambitions are low
E as ambições são reduzidas
And resentment rides high
e o ressentimento corre alto
But emotions won't grow
Mas as emoções não vão crescer
And we're changing our ways
E estamos mudando nossos caminhos
Taking different roads
Pegando estradas diferentes
Then love, love will tear us apart, again
Então, o amor, o amor vai nos dilacerar, outra vez
Love, love will tear us apart, again
O amor, o amor vai nos dilacerar, outra vez

Não tive coragem ainda de dizer que desde que nos reencontramos é ela quem me inocula ânimo.
Não sei se terei.
Hoje vamos jantar.

29 DE AGOSTO (NOITE)

Antonio não sabe nada disso.
Um dia eu conto.
Ele vai dizer que eu bati todos os recordes de fixação em alguém.
Uma vida inteira.

Vou buscá-la em sua casa, sem plano algum.
Uma sensação de estranheza familiar.
Ela sugeriu um restaurante de frutos do mar, na Pituba.
Não conheço.
Chegamos às oito da noite.
Fácil de estacionar.
Fica em uma casa, o salão é em uma garagem bem grande.
Simples, mas muito bem arrumado, com cuidado.
A comida é ótima.
Tenho um fraco por coisas despretensiosas e bem-feitas.
Conversamos sobre tudo.

*Adorei aquele livro que você me
mandou.
Os da minha rua.
Esse.
É do Ondjaki, um escritor jovem
angolano, sou fã.
Muito gostoso de ler.
Me lembra uma época muito boa.
Sim.
Vou te mandar outros depois.
Adorei a dedicatória também.*

Para a menina mais bonita da minha rua.

Onze e meia e o restaurante tá fechando.
Só estamos nós aqui.
Hora de ir levá-la.
Podia ficar até amanhã.

30 DE AGOSTO (MADRUGADA)

Chegamos no seu prédio.
O portão na rua é grande e há uma ladeira até chegar ao hall de entrada.
Tem um estacionamento pra visitantes em frente.
Paro pra me despedir.
Continuamos o papo.
Já passa de meia-noite.
Agora falamos com trilha sonora.
Vou escolhendo as músicas e a gente descobre o que cada uma traz.

Conto dos episódios do veraneio.

Ele fica surpresa com minha memória.

Não lembra do passeio de bicicleta.

Não lembra da festa.

Nem tem a mínima ideia de com quem ficou naquela noite.

A vida mudou muito rápido pra ela.

Casou cedo, logo depois de se formar.

Foi morar em São Paulo.

Teve uma filha.

Fala dela com alegria.

O som não para e o assuntos vão emendando uns nos outros.

Sem a gente notar, já são quatro e meia da manhã.

Tá perto de clarear.

Sua voz agora é a da Karen Carpenter.

Oh, we got a serious mood here

Oh, nós temos um clima sério aqui

We've tried our hand at love before.

Nós já nos aventuramos no amor algumas vezes

We've been around the game enough to know the score.

Já jogamos esse jogo o suficiente para saber o placar

But then is then, and now is now.
Mas aquilo foi antes e agora é agora
And now is all that matters anyhow.
E agora é tudo que importa

Make believe it's your first time, leave your sadness behind.
Faz de conta que é sua primeira vez, deixe sua tristeza para trás
Make believe it's your first time, and I'll make believe it's mine.
Faça de conta que é sua primeira vez e farei de conta que é a minha

Engraçado, esse ano é par.

ENTÃO DIGA QUE VALEU

UM BEIJO EM VOCÊ[S] EU QUERO DAR

Eu não sabia se isso de escrever ia dar certo ou não, e a Geo Tavares foi leitora desse livro desde o momento zero, desde os primeiros rascunhos. Adora um mexerico e, se ela ficasse agoniada pra saber o que viria nos capítulos seguintes, seria um sinal de que o texto podia prender a atenção. Não só isso, comentou, deu pitacos, sugestões fofoquísticas, ajudou muito. E teve paciência suficiente pra esperar esse tempo todo pelo final.

Valeu, Geo!

A primeira ideia com esse livro era fazer uma auto publicação. Mas aí, na pandemia, o Adílson Zambaldi me falou da Reformatório e sua campanha para arrecadar fundos e se segurar durante os tempos de Covid. Pensei, conversei com a Érika, pensei, pensei, conversei mais com ela e decidimos apoiar com a recompensa da publicação do livro. Se não fosse o Zamba, talvez só existisse um arquivo Word incompleto até hoje.

Valeu, Zamba!

Pois é, peguei a recompensa e, no instante seguinte, o Marcelo Nocelli se arrependeu de tê-la colocado na campanha. Tive que contar com a generosidade de amigos em comum que garantiram que não faria feio no catálogo da editora. Quando nos conhecemos, eu disse que o texto podia até ser meia-boca, mas que o livro ia ser bonito (já tinha definido que ia ser ilustrado). Depois disso, tomamos muita cerveja juntos, tomamos muita cachaça juntos, ele foi o primeiro a saber que eu ia abrir uma livraria e se tornou um grande parceiro nosso. E quando, finalmente, entreguei os originais, o Editor com E maiúsculo entrou em campo e fez sugestões de conteúdo e estrutura que desembaraçaram, arredondaram e poliram o texto. Fez toda a diferença.

Valeu, Marcelo!

Então, sobre as ilustrações, deixa eu contar. Desde novo, adoro livros ilustrados, livros bonitos, principalmente os clássicos. Kafka com seus próprios desenhos, Carybé ilustrando Gabriel García Márquez e Jorge Amado, Harry Clarke nos Contos de mistério e imaginação, de Edgar Allan Poe. Eu sempre visualizei esse livro ilustrado, sempre. Só não sabia quem ia fazer. Até entrar no curso Como Desenhar Errado. Foi lá que conheci quem viria a ser a grande parceira dessa publicação, parceiraça, Bianca Perdigão. Eu via seus trabalhos nas aulas e um dia falei: "eu adoro essa menina". Tomei coragem e perguntei se ela topava a parada. Aceitou na hora. Hoje eu não consigo dissociar a história contada do projeto gráfico que ela bolou e da sua técnica com fotos. Ficou que nem acarajé e vatapá, Bahia e Fonte Nova, forró e São João, Ivete e Carnaval. Virou tudo uma coisa só.

Valeu, Bi!

Gente, eu sou velho. Há um tempo que adotei a frase de João Ubaldo, que dizia que já tinha chegado na idade em que as coisas eram mais legais em seu tempo. E uso muitas "coisas do meu tempo" no texto. Como uma geração bem mais nova que a minha receberia esse livro? Pra saber isso, pedi a Nalu Silva para lê-lo. Ela não só me tranquilizou, como comentou e fez sugestões que confirmaram alguns pontos que eu achava que devia mexer. Me ajudou muito.

Valeu, Nalu!

Um professor de física do curso colegial me ensinou que tudo na vida tem um referencial. Com livro não é diferente, ele não sai direto da cabeça do escritor. Tem referência, quase sempre referências, no plural. A ideia do tema saiu do Os da minha rua, do

Ondjaki, a estrutura do Memórias de um empregado, de Federigo Tozzi, a névoa que cobre a história veio de Noites brancas, de Dostoiévski. Mas o jeitão final, o ritmo, a forma de contar, isso veio de O cheiro do ralo, de Lourenço Mutarelli. Ele também foi de uma generosidade imensa ao aceitar ler o original e, além de fazer observações importantes, me brindar com comentários muito gentis. Fez esse velho ateu, bêbado, escritor, poeta aqui sentir uma pontinha de orgulho.

Valeu, Mutarelli!

E, finalmente, esse livro não sairia se eu não estivesse vivo. E só estou vivo por causa da Érika. Ela me salvou. Ela me salva. Todos os dias. De todas as formas que uma mulher pode salvar um homem. Desde 2017, quando comecei a escrever essa história, ela tomou o posto de grande amor da minha vida pra nunca mais largar.

Valeu, vale e valerá! Te amo!

Um carioca naturalizado baiano que vive em São Paulo. Apaixonado por gatos, Rock'n Roll, pelo Bahia e pelo Vasco. Cachacista militante juramentado, sempre trabalhou para comprar livros e discos. Leitor ávido e escritor ocasional, com contos publicados nos números dois, três e quatro da revista-zine Submarino, da La Tosca, e na antologia 2020 – o ano que não começou, da Editora Reformatório. É um chato.

Artista visual e designer mineira. Tem uma certa obsessão pela memória e pela falta dela. É pós graduada em arte pela Escola Guignard e já teve trabalhos expostos em diversas cidades do Brasil. Usa apenas roupas pretas e tem o mesmo corte de cabelo desde os quatro anos de idade. Também é uma chata.

Essas memórias foram contadas utilizando as famílias tipográficas Dupincel e Futura. O papel do miolo é Pólen Bold 80g/m2 e a capa é composta em papel supremo 300g/m2. Impresso em 2024.